LE

PATOIS BRIARD

DU

CANTON D'ESTERNAY

PAR

C. A. PIÉTREMENT

PARIS

MAISONNEUVE et CH. LECLERC, ÉDITEURS

25, QUAI VOLTAIRE, 25

—

1888

LE
PATOIS BRIARD

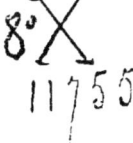

(Extrait de la *Revue de Linguistique.*)

LE
PATOIS BRIARD

DU

CANTON D'ESTERNAY

PAR

C. A. PIÉTREMENT

PARIS

MAISONNEUVE et CH. LECLERC, ÉDITEURS

25, QUAI VOLTAIRE, 25

—

1888

LE PATOIS BRIARD

DU CANTON D'ESTERNAY

§ Iᵉʳ. — CONSIDÉRATIONS PRÉLIMINAIRES SUR LA BRIE,
LES BRIARDS ET LEUR LANGAGE.

Les auteurs s'accordent généralement à reconnaître celtique le nom de la Brie, qu'ils identifient avec celui des
divers pays de Bray; mais les uns lui attribuent le sens
de sol meuble et les autres celui de sol fangeux. La dernière acception est celle qui me paraît la mieux justifiée
par l'étude de l'histoire et de la topographie du pays. En
effet, à l'époque où la Brie a reçu son nom, elle était com-
prise dans le vaste réseau forestier, parsemé d'éclaircies
plus ou moins étendues, désigné par Pline et Ptolémée
sous le nom de Forêt des Sylvanectes, et dont les forêts de
Fontainebleau, de Chantilly, de Saint-Germain, de Ram-
bouillet, de Compiègne, de la Tracone, etc., sont les der-
niers vestiges. Les déboisements successifs de la Brie
n'ont d'ailleurs eu lieu qu'à des époques relativement
récentes, comme suffiraient à le prouver une foule de
noms de villages, de hameaux et de fermes dont une cinquantaine sont cités dans ma note sur *Une pointe de flèche*

1

en silex trouvée aux Hublets (1). L'humidité entretenue
par l'ancien régime forestier devait donc rendre le territoire de la Brie d'autant plus fangeux qu'il n'est que très
légèrement ondulé et qu'il se distingue de celui de la
Champagne-Pouilleuse, auquel il confine, par une absence
complète de craie dans les couches les plus superficielles
du sol.

Quoi qu'il en soit, la Brie *(pagus Brigensis* ou *Briegius)*
est tout le pays qui était occupé par les *Meldi* lors de la
conquête de la Gaule par les Romains, et dont la capitale
s'appelait également *Meldi*, aujourd'hui Meaux. Pour donner une idée de la topographie de ce pays, je citerai
parmi ses autres villes : Coulommiers, Lagny, Brie-Comte-
Robert, Montereau, Bray-sur-Seine, Provins, Nogent-sur-
Seine, Villenauxe, Sézanne, Montmirail et Château-
Thierry.

Sous nos premières dynasties, la Brie fut gouvernée par
ses comtes particuliers ; mais elle perdit son autonomie
administrative en 988, lors de son annexion à la Champagne. Puis en 1284, la Brie et la Champagne furent
réunies au domaine royal, par suite du mariage de Phi-
lippe-le-Bel avec la comtesse Jeanne, petite-fille de Thi-
bault IV, l'un des poètes les plus distingués de son siècle.
Enfin en 1790, le territoire de la Brie, long de cent vingt
kilomètres et large de quatre-vingts, fut divisé en cinq
portions, lesquelles furent incorporées dans les départements de Seine-et-Oise, de Seine-et-Marne, de l'Aisne, de
la Marne et de l'Aube, qu'elles concoururent à former, par

(1) Voyez *Bulletin de la Société d'Anthropologie de Paris*, année 1876, pages 576-586.

leur adjonction à d'autres portions territoriales prises à l'Ile-de-France, à la Picardie, à la Champagne et à la Bourgogne.

La Brie peut donc être citée comme un exemple frappant du soin que les Constituants de 1790 ont mis partout à morceler les anciennes provinces, et à former chaque département par la réunion de morceaux détachés de deux ou trois provinces, pour tâcher d'anéantir la diversité des mœurs et des coutumes provinciales de l'ancienne France. C'est d'ailleurs le même esprit qui a présidé à la formation des arrondissements et même des cantons, chaque fois que la chose a été possible, comme le prouvent notamment la composition de l'arrondissement d'Épernay et celle du canton d'Esternay, mon pays natal.

En effet, Esternay, village briard, est situé à 56 kilomètres de son chef-lieu d'arrondissement, Épernay, ville champenoise, tandis qu'il est beaucoup moins éloigné de quatre villes briardes chefs-lieux d'arrondissement : Coulommiers à 45 kilomètres, Château-Thierry à 45 kilomètres, Provins à 34 kilomètres et Nogent-sur-Seine à 33 kilomètres. Les habitants d'Esternay étaient donc très intéressés, pour toutes les affaires administratives et judiciaires qui les forcent de se rendre dans leur chef-lieu d'arrondissement, à ce que ce chef-lieu fût l'une de ces quatre dernières villes, surtout Nogent-sur-Seine ou Provins. C'est évidemment ce qui aurait eu lieu, si les habitants d'Esternay étaient Champenois ; et c'est parce qu'ils sont Briards qu'on leur a donné un chef-lieu d'arrondissement champenois, afin de multiplier ainsi les relations entre Champenois et Briards.

En outre, le canton d'Esternay, presque exclusivement composé de communes briardes, comprend cependant deux communes champenoises, Béthon et Montgenost, dont les intérêts ont été complètement sacrifiés ; car Béthon est situé à 17 kilomètres de son chef-lieu de canton, Esternay, et à 67 kilomètres de son chef-lieu d'arrondissement, Épernay ; tandis qu'il n'est situé qu'à 6 kilomètres de Villenauxe, chef-lieu de canton, et à 19 kilomètres de Nogent-sur-Seine, chef-lieu d'arrondissement. On voit combien il aurait été avantageux pour le village champenois de Béthon de faire partie du canton de Villenauxe. Il en est de même de Montgenost, qui n'est situé qu'à 4 kilomètres de Villenauxe et à 17 kilomètres de Nogent, tandis qu'il est situé à 19 kilomètres d'Esternay, son chef-lieu de canton, et à 69 kilomètres d'Épernay, son chef-lieu d'arrondissement. C'est donc uniquement pour que le canton briard d'Esternay contînt une parcelle de la Champagne qu'on lui a donné les communes de Béthon et de Montgenost, puisque Villenauxe est aussi briarde qu'Esternay ; et c'est du reste ainsi qu'on s'est comporté dans la formation des cantons briards voisins, c'est-à-dire ceux de Villenauxe, de Sézanne et de Montmirail, qui possèdent tous des parcelles de territoire champenois.

Ces considérations pourront paraître oiseuses à beaucoup de lecteurs, parce que, en raison de l'antiquité de la réunion de la Brie à la Champagne, la plupart des Français identifient la Brie avec la Champagne et les Briards avec les Champenois ; mais c'est une très grosse erreur au point de vue ethnique. Aujourd'hui encore, les Briards diffèrent des Champenois, un peu par la physionomie, beaucoup par le genre d'esprit, plus encore par l'accent ; et ces caractères différentiels sont aussi marqués chez les Briards des cantons limitrophes de la Champagne que chez les autres, bien que les premiers aient eu, depuis nombre de siècles, de plus fréquentes relations avec les Champenois. Ainsi, par exemple, le canton d'Esternay a toujours été dépourvu de marché, parce qu'il ne possède et n'a jamais possédé aucun centre important de population. C'est donc au marché de Sézanne que les habitants du canton presque exclusivement agricole d'Esternay font la plus grande partie de leurs affaires commerciales, et ils s'y trouvent tous les samedis en contact avec des Champenois qui viennent également à ce marché, parce que Sézanne n'est qu'à quelques kilomètres des frontières de la Champagne. Il n'est même pas nécessaire de choisir un samedi pour constater à Sézanne la différence des accents briard et champenois, car sa population vigneronne des aubourgs de Broyes, Notre-Dame et Goyer (aujourd'hui rue de Paris) est depuis un temps immémorial composée de familles champenoises qui se sont bien rarement alliées avec les familles briardes de la ville, généralement étrangères au métier de vigneron.

Il y a certainement plus de différence entre les accents champenois et briard qu'entre les accents provençal et gascon. Aussi les Briards des cantons de Sézanne et d'Esternay tournent-ils en dérision l'accent champenois, qu'ils trouvent ridicule.

Mais si les Briards se moquent de l'accent des Champenois, qu'ils appellent Champenots, ils reconnaissent que ceux-ci sont généralement plus adroits, plus fins, plus rusés, plus matois, plus madrés qu'eux dans les affaires.

L'un des côtés les plus saillants du caractère briard est en effet une grande naïveté, une grande ingénuité d'esprit, qui n'exclut pas une certaine dose de malice : qualités qui font une partie du charme des ouvrages de La Fontaine, né en Brie, à Château-Thierry, d'une famille anciennement établie dans cette ville, et par conséquent Briard, quoiqu'on le dise généralement Champenois, par suite de l'erreur qui vient d'être signalée.

J'appelle patois briard celui qui est en usage dans le canton d'Esternay, non seulement parce que ce canton est briard, mais aussi parce que son patois est encore celui de la majorité des paysans de la Brie. Le patois du canton d'Esternay doit du reste avoir été celui de toute la Brie, même celui de la plupart des citadins, dans les siècles passés, avant l'extension et les progrès si récents de l'instruction en France, puisque les Briards constituaient déjà un petit peuple ou, si l'on préfère, une espèce de tribu, avant l'époque gallo-romaine.

Mais l'ancienne existence du langage briard dans toute la Brie doit néanmoins lui avoir toujours permis de présenter comme aujourd'hui, de village à village et même d'individu à individu, quelques différences plus ou moins importantes dans la syntaxe, dans l'emploi des mots et dans leur prononciation, qui a toujours été un peu flottante, parce qu'on peut appliquer à ce dialecte, comme à tous les autres, ce que Pellissier dit du français : « Il est impossible d'y découvrir des règles fixes et universelles ; ces règles n'ont jamais existé ; notre langue s'est formée sous l'empire des besoins les plus variés et les plus contradictoires de l'esprit pratique du peuple, qui l'a parlé seul pendant longtemps..... Jamais le vieux français n'a eu de grammaire fixée, de vocabulaire arrêté et constaté par un dictionnaire (1). »

En général, le briard diffère moins du français que les autres dialectes; et cela est tout naturel, puisque le français est issu de l'un des dialectes de la langue d'oïl, celui de l'Ile-de-France, devenu prépondérant, que la Brie est contiguë à l'Ile-de-France, et que les habitants de ces deux provinces se ressemblent beaucoup au point de vue ethnique.

En dehors des mots du vocabulaire spécial qui fera l'objet du paragraphe 2, tous les autres mots briards sont les mêmes qu'en français; mais il y a dans la prononciation d'un grand nombre d'entre eux, et dans la syntaxe, des différences dont l'exposé complet remplirait tout un volume et dont je signalerai seulement celles qui me paraissent les plus intéressantes.

Je m'occuperai d'ailleurs exclusivement de faits que j'ai constatés dans le canton d'Esternay, parce que c'est là seulement que j'ai parlé et beaucoup entendu parler le langage briard, à une époque où il ne devait encore avoir guère subi l'influence du français classique. Car je suis né en 1826, et il n'y avait alors à Esternay d'autres personnes parlant un français plus ou moins pur que le châtelain et sa famille, le curé ou doyen, le juge de paix, le receveur de l'enregistrement, le percepteur des contributions, le médecin, le notaire, l'huissier et cinq officiers en retraite, dont un commandant, trois capitaines et un lieutenant. Dans les autres communes, le français n'était

(1) Pellissier, *La langue française depuis ses origines jusqu'à nos jours*, 1 vol. in-18, Paris, 1866, p. 10.

parlé assez purement que par les desservants, aussi appelés curés, et par les seigneurs ou châtelains habitant huit ou dix maisons bourgeoises et châteaux dispersés sur le territoire du canton. Quant aux instituteurs primaires ou maîtres d'école, ils parlaient comme les paysans, ce qui s'explique d'autant mieux que la première école normale primaire, destinée à former des instituteurs, fut établie à Paris en 1831, et que c'est la loi de 1833 qui prescrivit la création d'écoles semblables dans les départements. Aussi l'enseignement de la grammaire ne pénétra-t-il à Esternay qu'à l'automne de 1836, plus tard dans les autres communes du canton; et c'est seulement cet enseignement qui a quelque peu transformé le langage de cette région.

Les considérations suivantes montreront donc ce qu'était le langage briard dans les communes briardes du canton d'Esternay vers 1835 à 1840. C'est à cette époque que je me reporte par la pensée pour les rédiger, car une partie des faits que je vais exposer n'existent plus aujourd'hui, quoique le parler d'un très grand nombre de mes compatriotes laisse encore beaucoup à désirer sous bien des rapports.

Je serai d'ailleurs très sobre de considérations philologiques, parce que la philologie n'est pas ma spécialité. Je m'attacherai donc à l'exposé des faits plutôt qu'à leur explication. Mais les philologues peuvent avoir une entière confiance dans les faits que je signalerai, car j'en ai une entière connaissance, ayant parlé le patois briard jusqu'à l'âge de onze ans, comme fils d'un paysan d'Esternay. C'est là surtout ce qui m'a engagé à entreprendre le présent travail, bien qu'il soit en dehors du cadre de mes études habituelles. Enfin, je m'y suis définitivement décidé en pensant que les lettrés qui n'ont pas connu ce patois il y a une cinquantaine d'années pourraient difficilement distinguer, en l'étudiant aujourd'hui, ce qu'il y a de primitif et de nouvellement acquis dans sa forme actuelle.

Je répète que je ne puis rendre compte ici de la prononciation briarde d'une foule de mots qui sont communs au français et au briard. J'en donnerai seulement les quelques exemples suivants :

Oudri et âbre au lieu de ourdri et arbre, mais inversement, arcaduc, calvarnier, drès que, queurce, rougerolle, au lieu de aqueduc, calvanier, dès que, queue (pierre à aiguiser), rougeole. Berbis, berloque, berdouiller, berrouette (brouette), bertelle, pernelle (prunelle), minguerlet (maigrelet) (1). Chadron, échadre, échadronnet, drate, un fromi, au lieu de chardon, écharde, chardonneret, darte, une fourmi. Propiétaire, prope, propette (2). Arbe, arboriser, arboriste (3), sarpe, varge, trabucher, au lieu de herbe, herboriser, herboriste, serpe, verge, trébucher ; mais inversement effarvette, jers, errière, essiette, ettarder, etteler, ettrapper, au lieu de effarvatte, jars, arrière, assiette, attarder, atteler, attraper. Drait, étrait, fraid, nayer, au lieu de droit, étroit, froid, noyer (verbe) (4). Manifique, bénine, maline, au lieu de magnifique, bénigne,

---

(1) La Fontaine écrit *mingrelet*, dans *Le Diable de Papefiguière*.

(2) La Fontaine écrit aussi *propette*, dans *Le Curé et le Mort*.

(3) Rabelais écrit *arboriser* (I, 23 et I, 24) ; et La Fontaine écrit *arboriste*, dans *Le Cheval et le Loup*.

(4) Rabelais dit : *je naye* (IV, 19) ; La Fontaine écrit *cases étraites*, dans *La Goutte et l'Araignée*, *portes étrètes*, dans *le Combat des rats et des belettes*, et *taille drète*, dans *Le cas de conscience*.

maligne (1). Himeur, pipitre, mais inversement potuRON.
Hussier, et inversement luizerne. Gamaine, mais inversement germine. Dindot, champignot, gaviot, potrinaire,
beurler (beugler), boulin (bouleau), catichime, cérugien,
ceumetière, c'mander, c'mencer, mais r'commander, r'com-
mencer, bier (bellier), ver (verrat), ormoire (armoire),
ostiné (obstiné), nuiau (noyau), liméro (numéro), colidor
(corridor), caneçon, fiau (fléau à battre), porceline, un
r'loge (une horloge), une saue (un saule), cliver (cribler),
eumer (aimer), killer (cueillir), ringer (ronger), popa et
moman, fillot (filleul) et fillotte, vosce (vesce, plante),
éronce (ronce), escorpion, esquelette, estatue, estoma-
chique. Tenre au lieu de tendre, adjectif, et tende au lieu
de tendre, verbe. Gormand et torment, mais inversement
gousier, grous, noute (notre), voute (votre), ousière
(osier), etc., etc.

Les exemples précédents suffisent pour indiquer que
les mots briards sont tantôt plus éloignés, tantôt plus rap-
prochés de leurs radicaux que ne le sont les mots français
correspondants. Ainsi, éronce et esquelette s'éloignent
plus de leurs radicaux que ronce et squelette, mais torment et berbis se rapprochent plus que tourment et brebis
de leurs radicaux *tormentum* et *vervex*.

J'ai assez souvent entendu dire au singulier animau et
chevau, et presque toujours au pluriel : ails, bails, tra-
vails, amirals, arsenals, bocals, canals, caporals, égals, gé-
nérals, hopitals, infernals, locals, rivals, signals, et totals.

---

(1) La Fontaine dit aussi *ongle maline*, dans *L'Oiseleur, l'Atour
et l'Alouette*, et je fais remarquer à ce propos qu'en briard *ongle* a
conservé le genre féminin de son radical *ungula*.

Au point de vue étymologique, les Briards ont tort de dire iard, iège, ien, ier, iure, ieue, ieuve, ion, cavaïer, etc., au lieu de liard, liège, lien, lier, liure, lieue, lièvre, lion, cavalier, etc. ; mais ils ont raison de dire du hierre, au lieu de du lierre, puisque la racine est *hedera*.

Le mot rond est l'unique nom briard du cercle géométrique, et l'on appelle *cécle* le cercle en bois ou en métal dont on revêt les tonneaux, baquets, etc.; mais on dit un cerciau (cerceau).

Le briard doit avoir autrefois remplacé *eau* par *iau* dans l'immense majorité des mots, peut-être même dans tous les mots. Ce qui est certain, c'est que anneau, bureau, cailleteau, chameau, louveteau, panneau, rouleau, tableau, tasseau, taureau et traineau sont les seuls mots de cette catégorie que j'aie toujours entendu prononcer comme en français.

La finale *eur* se prononce en briard comme en français dans une foule de mots tels que aigreur, ardeur, auteur, blancheur, bonheur, chaleur, chandeleur, couleur, cultivateur, douleur, empereur, fleur, grandeur, honneur, horreur, laideur, largeur, liqueur, longueur, lourdeur, lueur, maigreur, malheur, minceur, mineur, noirceur, opérateur, peur, piqueur, rembleur, rigueur, rumeur, sapeur, seigneur, sieur, sueur, terreur, tiédeur, tuteur, vainqueur, valeur, vapeur, vigueur, etc. Mais la finale *eur* est remplacée par la finale *eux* dans beaucoup d'autres mots, tels que : arpenteux, arracheux, arrangeux, avaleux, batteux, botteleux, chasseux, couvreux, devineux, donneux, dormeux, étrangleux, étriveux, ettrapeux, faneux, faucheux, glaneux, hâbleux, laboureux, marneux, moissonneux, nageux, pêcheux, quémandeux, raisonneux, rendeux, renifleux, rêveux, saigneux, semeux, tailleux, tisonneux, tondeux, travailleux, trayeux, trembleux, troqueux, tueux, vanneux, voleux, etc. J'ignore, du reste, quelles variations de prononciation peuvent avoir subies en Brie les mots terminés aujourd'hui en *eur* et en *eux*. On sait seulement que, dans le vieux français, la finale de beaucoup de mots se prononçait *eux*, tout en s'écrivant *eur*. C'est même pour cela qu'aujourd'hui la finale du mot piqueur a deux terminaisons, l'une classique, *eur*, l'autre aristocratique, *eux*.

Je crois inutile d'énumérer ceux des mots où la diphthongue *eu* se prononce *u* ; je fais seulement observer que les cas doivent en avoir été beaucoup plus nombreux autrefois, comme au reste dans le vieux français, et que Voltaire a encore fait rimer Eure avec structure. (*Henriade*, IX, 126-127.)

R finale se prononce dans boutoir, comptoir, dortoir, espoir, loir, noir, soir, ainsi que dans l'*oir* final de tous les verbes de la 3e conjugaison et de la plupart des substantifs dérivés de ces verbes, mais non dans les mots suivants qui se prononcent : abattois, abreuvois, arrosois, battois, deversois, devidois, dressois, écumois, égrugeois, encensois, entonnois, grattois, lavois, mirois, mouchois, pressois, salois, etc.

L et *r* sont aussi élidés dans une foule de cas autres que ceux qui viennent d'être signalés ; mais c'est surtout dans les finales muettes *ble, cle, fle, ple, bre, fre, gre, pre, tre, vre,* que, le plus souvent, on ne prononce que très peu et même pas du tout les lettres *l* et *r* ; et je reviendrai plus loin sur les variations de prononciation relatives aux verbes dont l'infinitif français est terminé en *dre* et *tre*.

Les lettres *l*, *ll* et *gn* sont mouillées dans les mêmes mots qu'en français, excepté dans bouillie et groseille, qu'on prononce boulie et grouselle. On dit bien aussi Montmirel au lieu de Montmirail ; mais j'ai également rencontré la première orthographe sur une ancienne carte de France. Les lettres en question ne sont d'ailleurs pas les seules qui soient mouillées en briard.

Ni est mouillé dans toutes les syllabes où il est suivi d'une voyelle autre que *e* muet et la mouillure de *ni* lui donne un son identique à celui du *gn* mouillé dans araignée et montagnard. De sorte que les mots niais, niable, carnier, chaudronnier, panier, vannier, fainiant pour fainéant, etc., se prononcent absolument comme s'ils étaient écrits gnais, gnable, cargner, chaudrogner, pagner, vagner, faignant, etc. C'est d'ailleurs en raison de l'identité de son du *gn* et du *ni* mouillés que Molière a écrit gniais et igna au lieu de niais et il n'y a, dans *Don Juan*, acte II, scène 1re, où il met en présence un paysan et une paysanne.

Di est mouillé dans toutes les syllabes où il est suivi d'une voyelle autre que *e* muet ; *gu* est mouillé dans toutes les syllabes autres que la finale muette *gue* ; et *g* est mouillé dans toutes les syllabes où il est suivi de la diphthongue *ai*. Or *di*, *gu* et *g* mouillés ont le même son dans les syllabes en question. Il en résulte, par exemple, que dieux et gueux se prononcent de la même façon et que, lorsqu'on parle d'un malade à la diète, d'un chat qui guette une souris ou d'une femme gaite (pour gaie), le sens de la phrase peut seul indiquer lequel des trois mots

diète, guette ou gaite on a voulu employer. Je ne connais
d'autre exception à la règle que les deux mots d'introduction récente guano, Guadeloupe, et les huit anciens mots
guerdin, guerlette, guerlot, guerlotter, guernadier, guernier, guernouille et minguerlet; mais il est remarquable
que dans ces huit anciens nots, la syllabe *guer*, qui se
prononce comme en français, remplace précisément la
syllabe française *gre*. C'est du reste à cause de l'identité de
son de *di*, de *gu* et de *g* mouillés que, dans la scène précitée, Molière a écrit parguienne, marguienne, morgué,
palsanguienne, jarniguienne, ventreguienne et mon guieu.

Cu est mouillé dans les syllabes *cu, cui, cuil, cuis* et
cul; qu est mouillé dans les syllabes *qué, quê, quel, qui,
quié, quiè, qu'il, quin* et *quit; ti* est mouillé dans les
mots bestial, bestiaux, galimatias, matiet, petiot, petiote,
tiers, ainsi que dans les syllabes *tiau* pour *teau* (1), *tié,
tiè* et *tien;* et la mouillure rend identique la prononciation de *cu,* de *qu* et de *ti*. De sorte que, par exemple,
pitié et piqué se prononcent absolument de la même
façon. C'est encore en raison de cette identité de prononciation que, dans la scène précitée de Molière, Pierrot dit
à Charlotte : « Igna himeur qui *quienne*. Quand on a de
l'*amiquié* pour les parsonnes, l'on en baille toujours
queuque petite signifiance. »

Dans les mots autres que ceux auxquels il est fait allusion dans le dernier alinéa, le *t* a soit le son dur, soit le son
sifflant de *s* dans les mêmes cas qu'en français, excepté
dans ortie et ortiller, qui se prononcent orsie et orsiller.

(1) Comme dans les mots *batiau, châtiau, coutiau, gâtiau, man-
tiau,* etc.

Il serait certainement impossible de connaître le son de telle ou telle lettre mouillée si on ne l'avait pas entendue prononcer ; mais celles que je viens de signaler dans le briard se retrouvent dans le langage des paysans d'une grande partie de nos provinces ; et la plupart des lecteurs savent sans doute comment ces paysans prononcent les mots diable, diète, dieu, curé, écurie, cuiller, cuisse, biscuit, aigu, guerre, guêtre, guide, aiguille, Gustave, quête, bouquet, quinquet, queue, quille, quittance, amitié, tien, chrétien, etc.

Il ne reste plus qu'à examiner la conjugaison des verbes en briard pour terminer ces considérations préliminaires.

C'est le pronom *je* qu'on emploie comme sujet, aussi bien à la première personne du pluriel qu'à celle du singulier, excepté dans l'une des formes assez peu usitée de la conjugaison interrogative sur laquelle je reviendrai plus loin. Exemples : je peux, je pouvons ; je veux, je voulons ; je m'amuse, je nous amusons, etc.

L'*u* de *tu* s'élide devant tous les verbes commençant par une voyelle.

Les *l* des pronoms *il* et *ils,* féminin *alle* et *alles* pour *elle* et *elles,* sonnent toujours devant les verbes commençant par une voyelle. On prononce, par exemple, au singulier *il a, al a,* et au pluriel *il ont, al ont.* Mais les *l* de ces pronoms ne sonnent jamais devant les verbes commençant par une consonne ; et l'on prononce, par exemple, au singulier *i va, a va,* au pluriel *i vont, a vont.*

Dans celle des formes de la conjugaison interrogative où le sujet est mis après le verbe, on ne prononce pas les *l* de *il* et *ils;* mais on prononce celles de *alle* et *alles;* ainsi, par exemple, on dit va-t-i, vont-i et va-t-al, vont-al.

Cela étant bien entendu, je vais donner les conjugaisons complètes des deux verbes auxiliaires qui sont irréguliers comme en français, et celle du verbe donner qui est parfaitement régulière. Mais il n'y a aucun inconvénient à ce que, pour simplifier, je n'y fasse aucune mention des pronoms féminins *alle* et *alles.*

VERBE AUXILIAIRE *AVOIR.*

INDICATIF.
(Six temps.)

Présent.
J'ai.
T'as.
Il a.
J'ons.
Vous avez.
Ils ont.

Imparfait.
J'avais.
T'avais.
Il avait.
J'avains.
Vous avez.
Ils avaint.

Parfait.
J'ai évu.
T'as évu.
Il a évu.
J'ons évu.
Vous avez évu.
Ils ont évu.

Plus-que-parfait.
J'avais évu.
T'avais évu.
Il avait évu.
J'avains évu.
Vous avez évu.
Ils avaint évu.

Futur.
J'arai.
T'aras.
Il ara.
J'arons.
Vous arez.
Ils aront.

Futur antérieur.
J'arai évu.
T'aras évu.
Il ara évu.
J'arons évu.
Vous arez évu.
Ils aront évu.

CONDITIONNEL.
(Deux temps.)

Présent.
J'arais.
T'arais.
Il arait.
J'arains.
Vous arez.
Ils araint.

Antérieur.
J'arais évu.
T'arais évu.
Il arait évu.
J'araint évu.
Vous arez évu.
Ils araint évu.

IMPÉRATIF.
(Un temps.)

Aie.
Ayons.
Ayez.

SUBJONCTIF.	INFINITIF.	PARTICIPE.

SUBJONCTIF.
(Un temps.)

Que j'aie.
Que t'aies.
Qu'il ait.
Que j'ains.
Que vous ayez.
Qu'ils aint.

INFINITIF.
(Deux temps.)

Présent.

Avoir.

Passé.

Avoir évu.

PARTICIPE.
(Deux temps.)

Présent.

Ayant.

Passé.

Évu, ayant évu.
(Comme dans le vieux français.)

VERBE AUXILIAIRE *ÊTRE* (prononcez *ÉTE*).

INDICATIF.
(Six temps.)

Présent.

Je suis.
T'es.
Il est.
Je sons.
Vous êtes.
Ils sont.

Imparfait.

J'étais.
T'étais.
Il était.
J'étains.
Vous étez.
Ils étaint.

Parfait.

J'ai été.
T'as été.
Il a été.
J'ons été.
Vous avez été.
Ils ont été.

Plus-que-parfait.

J'avais été.
T'avais été.
Il avait été.
J'avains été.
Vous avez été.
Ils avaint été.

Futur.

Je serai.
Tu seras.
Il sera.
Je serons.
Vous serez.
Ils seront.

Futur antérieur.

J'arai été.
T'aras été.
Il ara été.
J'arons été.
Vous arez été.
Ils aront été.

CONDITIONNEL.
(Deux temps.)

Présent.

Je serais.
Tu serais.
Il serait.
Je serains.
Vous serez.
Ils seraint.

Antérieur.

J'arais été.
T'arais été.
Il arait été.
J'arains été.
Vous arez été.
Ils araint été.

IMPÉRATIF.
(Un temps.)

Sois.
Sayons.
Sayez.

2

SUBJONCTIF.
(Un temps.)

Que je sais.
Que tu sais.
Qu'il sait.
Que je sains.
Que vous sayez.
Qu'ils saint (1).

INFINITIF.
(Deux temps)

Présent.

Ête.

Passé.

Avoir été.

PARTICIPE.
(Deux temps.)

Présent.

Étant.

Passé.

Été, avoir été.

VERBE *DONNER.*

INDICATIF.
(Sept temps.)

Présent.

Je donne.
Tu donnes.
Il donne.
Je donnons.
Vous donnez.
Ils donnont.

Imparfait.

Je donnais.
Tu donnais.
Il donnait.
Je donnains.
Vous donnez.
Ils donnaint.

Parfait.

J'ai donné.
T'as donné.
Il a donné.
J'ons donné.
Vous avez donné.
Ils ont donné.

Plus-que-parfait.

J'avais donné.
T'avais donné.
Il avait donné.
J'avains donné.
Vous avez donné.
Ils avaint donné.

Passé double.

J'ai évu donné.
T'as évu donné.
Il a évu donné.
J'ons évu donné.
Vous avez évu donné.
Ils ont évu donné.

Futur.

Je donnerai.
Tu donneras.
Il donnera.
Je donnerons.
Vous donnerez.
Ils donneront.

Futur antérieur.

J'arai donné.
T'aras donné.
Il ara donné.
J'arons donné.
Vous arez donné.
Ils aront donné.

CONDITIONNEL.
(Deux temps.)

Présent.

Je donnerais.
Tu donnerais.
Il donnerait.
Je donnerains.
Vous donnerez.
Ils donneraint.

Antérieur.

J'arais donné.
T'arais donné.
Il arait donné.
J'arains donné.
Vous arez donné.
Ils araint donné.

(1) Il est à peine besoin de faire observer que le subjonctif : **qu'ils**

IMPÉRATIF.
(Un temps.)
Donne.
Donnons.
Donnez.

SUBJONCTIF.
(Un temps.)
Que je donne.
Que tu donnes.
Qu'il donne.

Que je donnains.
Que vous donnez.
Qu'ils donnaint.

INFINITIF.
(Deux temps.)
Présent.
Donner.

Passé.
Avoir donné.

PARTICIPE.
(Deux temps.)

Présent.
Donnant.

Passé.
Donné, ayant donné.

L'examen de ces trois verbes peut déjà faire supposer que la conjugaison briarde est plus simple que la française, et le fait sera mis hors de doute par les considérations suivantes :

Les deux verbes auxiliaires *être* et *avoir* ont moins de temps qu'en français. Ils n'ont pas de prétérit, ni de prétérit antérieur ; c'est le parfait qui en fait l'office, et ils n'ont, au subjonctif, qu'un seul temps, qui remplace tous les temps du subjonctif français.

Les verbes conjugués à la voix passive, tels que : *être frappé, être blessé, être guéri, être tombé, être mort,* etc., ne possèdent que les mêmes temps, puisque, pour conjuguer un verbe passif, on se borne à joindre son participe passé à tous les temps et à toutes les personnes de l'auxiliaire *être.*

Quant aux verbes conjugués à la voix active et à la voix réfléchie, ils ont les mêmes temps que le verbe *donner* (1),

---

saint, se rapproche autant du latin *sint,* que l'indicatif : ils *sont,* du latin *sunt.*

(1) Abstraction faite, bien entendu, des verbes défectifs, qui, naturellement, sont les mêmes en briard qu'en français.

c'est-à-dire qu'ils n'ont, en plus des verbes auxiliaires et des verbes passifs, que le passé double de l'indicatif, lequel remplace le prétérit antérieur du français. Exemple : « Quand j'ai évu dîné, j'ai abreuvé les chevaux. »

Une autre cause de simplification dans la conjugaison briarde, c'est qu'aussi bien à la voix réfléchie qu'à la voix active, tous les verbes sans exception se conjuguent exclusivement avec l'auxiliaire *avoir;* de sorte que le verbe *être* n'est usité comme auxiliaire qu'à la voix passive. J'ajoute, par parenthèse, que le participe passé *mort*, employé à la voix passive de *mourir*, est remplacé par *mouru* à la voix active, et qu'on dit « il a mouru en telle année, il est mort depuis longtemps. »

En outre, les terminaisons des trois verbes conjugués ci-dessus et celles des autres verbes sont moins nombreuses en briard qu'en français, non seulement à cause de la réduction du nombre des temps, mais encore parce que la formation de ces terminaisons est soumise aux règles suivantes :

Ez est la terminaison de la deuxième personne du pluriel dans l'indicatif présent, l'imparfait, le futur, le conditionnel, l'impératif et le subjonctif. L'indicatif présent *vous êtes* me paraît être la seule exception à la règle; car au lieu de dire, comme en français, « vous dites, vous redites, vous faites », on dit en briard, comme dans le langage enfantin, *vous disez, vous redisez, vous faisez.*

Le briard n'intercale d'ailleurs jamais d'*i* entre le radical et cette terminaison *ez*, dans l'imparfait, le conditionnel et le subjonctif, pour établir, comme en français, une distinction entre la deuxième personne du pluriel de ces trois temps d'une part, et la même personne de l'indicatif présent et de l'impératif d'autre part.

Au lieu d'avoir les trois terminaisons *ent, aient* et *ont* aux divers temps de la troisième personne du pluriel, le briard n'en a que deux. Il rejette complètement la finale muette *ent*, en disant, par exemple, *ils marchont, ils pensont,* etc., au lieu de « ils marchent, ils pensent, etc. » Le briard accepte la terminaison *ont* du français dont on vient de voir qu'il étend beaucoup l'usage, et il emploie la terminaison *aint* au lieu de *aient*.

Dans chacun des temps de tous les verbes, sans exception, la première et la troisième personne du pluriel sont identiques au point de vue phonétique, ce qui ne se voit, en français, que dans le futur. Ces deux personnes du pluriel diffèrent uniquement en ce que le *t* de la terminaison, soit *aint,* soit *ont,* de la troisième personne, est remplacé par une *s* à la première personne.

Le présent de l'indicatif et le futur ont toujours la première personne du pluriel terminée en *ons* et la troisième personne du pluriel terminée en *ont.*

L'imparfait, le conditionnel et le subjonctif ont toujours la première personne du pluriel terminée en *ains* et la troisième personne du pluriel en *aint.*

Quoique ces règles n'aient probablement jamais été écrites et que personne n'ait peut-être même jamais songé à leur existence, elles étaient généralement observées dans le canton d'Esternay il y a quarante à cinquante ans ; elles le sont de moins en moins à mesure que l'instruction fait des progrès dans le pays, et elles avaient même déjà subi quelques atteintes à l'époque de ma première jeunesse. Ainsi, par exemple, il y avait alors à Esternay quelques personnes qui, tout en continuant à dire à la troisième personne du pluriel *ils avaint, ils étaint, ils pensaint*, etc., disaient déjà, à la première personne du pluriel, *j'avions, j'étions, je pensions*. Mais cette façon de parler, aujourd'hui assez fréquente, devait être alors aussi récente qu'elle était rare ; car les personnes en question étaient encore considérées comme des gens prétentieux et ridicules, voulant se distinguer en essayant d'imiter le langage des bourgeois. Toutefois, les formes *j'avions, j'étions, je pensions*, et autres analogues, doivent avoir été employées depuis longtemps par les paysans de certaines autres régions, notamment à Paris et aux environs, puisqu'on les trouve déjà dans les anciens comiques. Ainsi, par exemple, au commencement du deuxième acte du *Don Juan* de Molière, le paysan Pierrot dit, presque en entrant en scène : « Enfin donc *j'étions* sur le bord de la mar, moi et le gros Lucas, et je *nous amusions* à batifoler. »

Non seulement la conjugaison briarde est plus simple que la française, parce qu'elle a un moins grand nombre de temps et de terminaisons, mais encore le radical y est moins souvent variable ; c'est-à-dire que, dans certains verbes, qui vont être passés en revue, le radical de certaines personnes et même de certains temps est identique à celui de l'infinitif, au lieu d'en différer comme en français.

Aller fait, au subjonctif, « que j'alle », etc.

Envoyer fait, au futur, *j'envoyerai*, etc.

Venir fait, à la troisième personne de l'indicatif présent et du subjonctif, ils *venont* et qu'ils *venaint*, et il en est de même dans tous les verbes composés dérivés de venir.

Falloir et *valoir* font, au subjonctif, « qu'il falle et qu'il vale ».

Pouvoir fait au subjonctif que je *peuve*, que tu *peuves*, qu'il *peuve*, que je *pouvains*, que vous *pouvez*, qu'ils *pouvaint*.

Savoir fait, au futur, je *sarai*, etc.; au conditionnel, je *sarais*, etc.; au subjonctif, que je *save*, que tu *saves*, qu'il *save*, que je *savains*, que vous *savez*, qu'ils *savaint*.

Voir fait, au futur, je *voirai*, etc.; au conditionnel, je *voirais*, etc.; il en est de même dans *revoir*, *entrevoir*; mais on dit, comme en français, « j'apercevrai, j'apercevrais, etc. ».

Vouloir fait, à la troisième personne du pluriel de l'indicatif présent, ils *voulont*; au subjonctif, que je *veule*, que tu *veules*, qu'il *veule*, que je *voulains*, que vous *voulez*, qu'ils *voulaint*.

Faire fait, à la deuxième et à la troisième personne du pluriel de l'indicatif présent, vous *faisez*, ils *faisont*; à la deuxième personne du pluriel de l'impératif, *faisez*; au subjonctif, que je *faise*, que tu *faises*, qu'il *faise*, que je *faisains*, que vous *faisez*, qu'ils *faisaint*.

Dans la conjugaison de *coudre* et de ses dérivés, on ne trouve jamais, comme en français, *s* à la place de *d*; de même que, dans la conjugaison de *moudre* et de ses dérivés, on ne trouve jamais *l* à la place de *d*.

Dans la conjugaison des verbes dont l'infinitif français est terminé en *aindre*, *eindre* et *oindre*, on ne trouve jamais *aign*, *eign* ni *oign* à la place de *aind*, *eind* et *oind*. Ainsi, par exemple, le verbe « peinde », pour peindre, fait, au pluriel de l'indicatif présent, je *peindons*, vous *peindez*, ils *peindont*; à l'imparfait, je *peindais*, tu *peindais*, il *peindait,* je *peindains,* vous *peindez,* ils *peindaint;* au pluriel de l'impératif, *peindez, peindons;* au subjonctif, que je *peinde,* que tu *peindes,* qu'il *peinde,* que je *peindains,* que vous *peindez,* qu'ils *peindaint;* au participe présent, *peindant;* au participe passé, *peindu.*

Il est à peine besoin de faire observer que cette plus grande régularité, ou, si l'on préfère, cette plus grande homogénéité de la conjugaison briarde tient, dans certains cas, à ce qu'elle se rapproche plus du latin que le français, et dans d'autres cas à ce qu'elle s'en éloigne davantage. Ainsi, par exemple, le préfixe *ven* du latin *venire* est mieux conservé dans le briard ils *venont,* qu'ils *venaint,* que dans le français « ils viennent, qu'ils viennent ». Mais, au contraire, dans les temps de la conjugaison briarde du verbe *peinde* qui viennent d'être cités, on trouve beaucoup moins que dans les mêmes temps de la conjugaison française (exemple : imparfait, *je peignais,* etc.) la réminiscence du latin *pingere;* de même que les participes briards *coudu* et *moudu* se rapprochent moins du latin *cousuere* et *molere* que les participes français « cousu et moulu ».

Beaucoup de personnes disent *s'asseoir,* qui doit être d'introduction relativement récente ; car beaucoup plus d'autres disent *s'assiéter,* qui s'éloigne moins du latin *assidere;* et l'existence en briard des deux formes suffirait à elle seule pour indiquer que la conjugaison du verbe est au moins aussi flottante qu'en français, où plusieurs de ses temps ont, soit une double, soit une triple forme.

On ne prononce pas, en briard, l'*r* de la finale *tre* de l'infinitif des verbes ; mais cette élision n'a aucune influence sur la conjugaison, car l'*r* reparaît dans les mêmes temps qu'en français, c'est-à-dire au futur et au conditionnel, et l'on dit, comme en français, « il mettra, il mettrait, etc. ».

Quelques-uns des verbes français dont l'infinitif est terminé en *dre* sont inusités en briard (1). Les autres se divisent en deux catégories : ceux dont la finale *dre* se prononce *de* en biard par suite de l'élision de l'r, et ceux où elle se prononce *re* par suite de l'élision du *d*.

Les verbes briards dont la finale de l'infinitif est *de* par suite de l'élision de l'r sont : *avoinde* (pour *aveinde*), *coude, descende, fende, fonde, geinde, moude, peinde, pende, ponde, rende, répande, teinde, tende, tonde, vende*, et les verbes composés dérivés de ces verbes. Ici encore l'élision de l'r de la finale *dre* n'a aucune influence sur la conjugaison, car l'r reparaît dans les mêmes temps qu'en français, au futur et au conditionnel; et l'on dit, par exemple, « je moudrai, je moudrais, etc. ».

Les verbes briards dont la finale de l'infinitif est *re* par suite de l'élision du *d* sont *crainre, joinre* et ses dérivés, *prenre* et ses très nombreux dérivés. Cette élision du *d* dans la finale *dre* de l'infinitif a une grande influence sur la conjugaison, car le *d* ne reparaît jamais au futur ni au conditionnel; et l'on dit, par exemple, je *crainrai*, je *crainrais*, je *joinrai*, je *joinrais*, je *prenrai*, je *prenrais*. Le *d* élidé dans *prenre* et dans ses dérivés ne reparaît d'ailleurs pas plus qu'en français dans les temps autres que le futur et le conditionnel; mais il n'en est pas de

(1) Tels sont par exemple les verbes *contraindre* et *feindre*, qui sont remplacés en briard par *forcer* et *faire semblant*.

même dans *crainre* et dans *joinre;* et l'on pouvait le supposer *à priori* d'après ce qui a été dit plus haut des verbes dont l'infinitif est *aindre* et *oindre*. La conjugaison briarde des temps précités du verbe dont l'infinitif français est « peindre » est en effet applicable aux mêmes temps des verbes *crainre* et *joinre*, dont, par exemple, les participes sont *craindant* et *craindu*, *joindant* et *joindu*.

Une autre particularité de la conjugaison briarde, c'est que dans les terminaisons du futur et du conditionnel des verbes « falloir, valoir, tenir, venir » et de leurs dérivés, le *dr* français est aussi remplacé par *r;* et qu'on dit, par exemple : il *faura*, il *faurait;* il *vaura*, il *vaurail;* je *tienrai*, je *tienrais;* je *vienrai*, je *vienrais*, etc.

Non seulement les verbes réfléchis se conjuguent avec l'auxiliaire « avoir » comme il a été dit plus haut, mais encore ils prennent tous pour régime le pronom *leux* « leur » au lieu de *se* à la troisième personne du pluriel de tous les temps; exemple : ils *leux amusont*, ils *leux battont*, ils *leux moquont;* ils *leux amusaint*, ils *leux battaint*, ils *leux moquaint;* ils *leux ont amusé*, ils *leux ont battu*, ils *leux ont moqué*, etc. Il faut ajouter que l'*x* de *leux*, soit pronom, soit adjectif, se lie toujours avec le son *z* au mot suivant qui commence par une voyelle, et qu'on prononce ils *leu-z-amusont*, ils *leu-z-ont battu*, *leu-z-argent*, *leu-z-attirail*, etc.

Dans l'une des formes de la conjugaison interrogative, on place, comme en français, le sujet après le verbe : « Iras-tu? ira-t-il? irons-nous? irez-vous? iront-ils? etc. » C'est le seul cas où le pronom « nous » soit employé comme sujet. Mais cette forme de conjugaison, qui est loin d'être aujourd'hui aussi employée qu'en français, l'était encore beaucoup moins dans ma jeunesse, et uniquement dans certains verbes. Elle n'a d'ailleurs jamais été employée à la première personne du singulier, et la forme « suis-je? ai-je? irai-je? » n'est pas encore devenue briarde.

La forme de conjugaison interrogative qui est encore la plus usitée aujourd'hui est celle dans laquelle on fait précéder le verbe de la locution « est-ce que ». On dit, par exemple, comme en français : « est-ce que je sais? est-ce que tu peux? est-ce qu'il ira? »

Au lieu de dire : « Où vas-tu? où va-t-il? etc. », on emploie souvent ces diverses tournures de phrases : *lavou que tu vas? là que tu vas? où est-ce que tu vas?* et, par abréviation : *où c'que tu vas? où que tu vas?* L'emploi de *lavou* pour « où » se perd toutefois de plus en plus.

On se sert aussi très fréquemment de la forme interrogative *quoi que t'as? quoi qu'il fait?* etc., pour « qu'as-tu? que fait-il? etc. ».

Une dernière forme interrogative, qui était autrefois très usitée, mais qui commence à se perdre, c'est celle-ci : *j'ai-ti? t'as-ti? il a-ti? j'ons-ti? vous avez-ti? ils ont-ti?* etc. J'ai entendu des discussions sur l'acception étymologique de cette finale *ti* qu'on écrit aussi parfois *t'y* et *t'il;* mais je n'ai aucune opinion bien arrêtée sur la question, que je soumets purement et simplement à l'appréciation des philologues.

Enfin les deux formes *as-tu* et *t'as-ti* sont tantôt interrogatives, tantôt exclamatives. Ainsi, par exemple, *as-tu chaud* signifie tantôt « est-ce que tu as chaud? » tantôt « combien tu as chaud! que tu as chaud! » C'est l'intonation qui indique le sens de la phrase, absolument comme en français; et il en est de même pour la forme *t'as-ti chaud, il a-ti chaud*, etc.

Telles sont les quelques considérations dont je voulais faire précéder le vocabulaire des mots briards inusités en français.

§ II. — VOCABULAIRE DES MOTS BRIARDS DU CANTON D'ESTERNAY.

Les auteurs des grands *Dictionnaires* de la langue française, Bescherelle, Larousse, Littré, etc., ont, avec raison, recueilli une foule de mots appartenant au langage populaire. On en trouve d'autres du même ordre, termes d'arts et de métiers, noms de plantes et d'animaux, mammifères, oiseaux et insectes, dans les *Dictionnaires* des sciences et des arts. Je n'avais donc pas à m'occuper de ces mots, bien que la plupart existent dans le briard, dont ils forment le fond. J'en ai seulement signalé quelques-uns, sur lesquels j'avais à faire certaines observations. Mais je me propose surtout, dans le présent vocabulaire, de faire connaître les mots briards du canton d'Esternay qu'on ne trouve pas dans les *Dictionnaires* en question. Il est à peine besoin d'ajouter que, en leur donnant l'épithète de briards, je n'ai nullement l'intention de les présenter comme des mots tout à fait propres à la Brie; car beaucoup d'entre eux ont eu cours dans le vieux français et sont encore employés dans certains dialectes provinciaux, comme le reconnaîtront facilement les personnes ayant la moindre connaissance de ces dialectes. Il est même très probable que c'est le cas de la presque totalité de ces mots, car il n'est guère vraisemblable que les Briards aient eu le besoin et la volonté de forger beaucoup de mots pour leur usage particulier.

A

Anglais, s. m. Tarte dont la pâte est recouverte de prunes à pelure rouge-brun, noirâtre, qui appartiennent à l'espèce des blosses ou à celle des damas, et dont le jus devient rouge par la cuisson. J'ignore depuis combien de temps les soldats anglais portent des *habits rouges*, mais je suppose néanmoins que c'est leur couleur qui a donné naissance à ce mot.

Amendier, s. m. C'est-à-dire celui qui met à l'amende ; est synonyme de garde-champêtre.

Aoûta, s. m. Insecte rouge, tellement petit que peu de personnes ont la vue assez bonne pour l'apercevoir à l'œil nu. Il s'enfonce sous l'épiderme de l'homme et occasionne, pendant plusieurs jours, un prurit très désagréable. Son nom lui vient évidemment de ce qu'il attaque l'homme uniquement pendant la saison chaude, notamment au mois d'août.

Agoniser, v. a. et v. r. A tous les sens des verbes *agoniser* et *agonir*, ce dernier n'existant pas en briard.

Arganier, s. m. Synonyme de *aricandier*.

Aricander, v. a. Faire un travail d'aricandier.

Aricandier, s. m. Petit cultivateur ayant une exploitation agricole tellement restreinte qu'elle n'occupe qu'une partie de son temps et de celui de ses deux chevaux ou même de son unique cheval, et travaillant, en conséquence, pendant le reste du temps pour des voisins, dont il fait les labours, les charrois, etc.

- **Arioler,** v. n. Criailler contre des chevaux attelés dont l'attelage ne marche pas convenablement.

Armelle, s. f. Lame de couteau. Le mot dérive évidemment du latin *arma*.

Arpion, s. m. Signifie pied, pris en mauvaise part.

B

Babillard, s. m. Voir *cliquot*.

Bacâiller, v. n. Bavarder : d'où *bacâilleux, bacâilleuse,* adjectif, celui ou celle qui bacâille.

Bâcoulotte, s. f. Unique nom briard de la belette. La finale étant diminutive, je présume que le mot signifie étymologiquement : le petit animal bas du cou.

Bagoter, v. n Jouer avec l'eau, la remuer, barboter.

Baillet, bailloté. L'adjectif *baillet* signifie marqué d'une pelote ou d'une étoile blanche sur le front, en parlant des chevaux et des juments de couleur jaune, rouge ou noire. Ce qualificatif est souvent donné comme nom propre à ces chevaux et à ces juments. *Baillet* dérive évidemment du vieux français *bail, baile* ou *baille,* qui a sûrement désigné une tache blanche sur le front d'un animal de couleur foncée, comme le prouve le membre de phrase suivant, tiré de la traduction d'Hérodote par Soliat (III, 28), et relatif au bœuf Apis : « Il a un bail au front » Il est toutefois certain qu'à l'origine *bail, baile* ou *baille* avait le sens de couleur baie, qui lui est attribué par M. Godefroy, à l'article *baille* de son *Dictionnaire de l'ancienne langue française et de tous ses dialectes du IXe au XVe siècle,* actuellement en cours de publication. Mais cet auteur paraît avoir ignoré que *bail, baile* ou *baille* a fini par prendre l'acception de tache blanche sur le front, probablement parce que cette marque est très commune chez les chevaux bais ; il doit également avoir ignoré l'existence du mot *baillet,* auquel il n'a pas donné place dans son *Dictionnaire ;* et c'est sans doute pour cela que, parmi les

exemples destinés à montrer que *baille* signifie de couleur
baie, il cite ces deux vers de Guiart : *voir l'errata, p. 70*

Il me semble que *baiz* et *bailles* ne sont pas associés ici par
pléonasme ; que les destriers *baiz* sont bien des chevaux
bais, mais que les destriers *bailles* sont des chevaux *baillets*,
c'est-à-dire marqués d'une tache blanche au front.

L'adjectif briard *baillotté* vient également du vieux mot
bail, tache blanche, et signifie moucheté, grivelé, tacheté,
jaspé, en parlant du pelage des mammifères, du plumage des
oiseaux, de l'aspect des étoffes, marbres, pierres, etc.

Baillot, s. m. Poignée de menus brins de bois, surtout de
bouleau, pour fouetter les enfants. Le mot me paraît être un
diminutif de balai, d'autant que l'objet est, en effet, une
espèce de petit balai.

Balqueue, s. m. Unique nom briard de la bergeronnette grise
ou lavandière, vulgairement appelée *hochequeue* en français.
Racine *queue*, et *baller*, danser.

Bamboche, s. f. Pantoufle. Le mot est probablement une corruption de l'arabe *babouche*, qui est passé inaltéré en français, mais non en briard.

Banne, s. f. La seule acception du mot *banne* en briard est
celle de grande manne d'osier faite à claire-voie et servant
de berceau aux petits enfants.

Bâque, s. m. Mot enfantin signifiant saleté, ordure. Pour em-
pêcher un enfant de porter quelque chose à sa bouche ou d'y
toucher, on lui dit que c'est du *bâque*.

Barbillotte, s. f. On appelle *barbillottes* ceux des chatons
d'arbre ou d'arbrisseau qui pendent comme des mèches de
barbe, notamment ceux du noisetier, de l'aulne, etc.

Barjer, signifie tiller le chanvre avec une *barjoire*. C'est dans
ce sens qu'on dit ailleurs : *brayer* le chanvre avec une *brayoire*,
au lieu de broyer avec une broyoire.

Bauge, s. f. Meule de céréales ou de fourrage qui diffère des
autres meules en ce que sa base est rectangulaire au lieu
d'être ronde.

Bellurette. Il y a *bellurette* signifie il y a longtemps, comme
en berrichon.

Berdâcler, v. n. Faire du bruit en remuant ou déplaçant des ustensiles de ménage, des instruments aratoires ou tout autre objet ; d'où l'adjectif *berdâcleux*.

Berdiner, v. n. S'occuper à des riens.

Berdinotte, s. f. Signifie papillon à gros ventre, c'est-à-dire papillon femelle.

Bestial, s. m. Au lieu que le singulier du substantif *bestiaux* soit bétail, comme dans le français moderne, ce singulier est *bestial* en briard comme dans l'ancien français : ce qui est plus conforme à l'étymologie latine *bestia*. L'ancien français bestial est encore employé par Saliat, au milieu du XVIe siècle, dans cette phrase de sa traduction d'Hérodote, I, 110 : « Ceux pendants de ces montagnes sont les pâtis, où gardait ce berger son bestial. »

Bibi, bicher. Comme nom propre, *Bibi* est l'unique expression briarde désignant les Gitanos. Faire *bibi* signifie *bicher*, c'est-à-dire embrasser.

Bicêtre ou **Bissêtre**. Au lieu de signifier, comme en français, malheur, accident, infortune, désordre (voyez Larousse), le mot *bicêtre* ou *bissètre* désigne en briard un être et le plus souvent un enfant turbulent avec une pointe d'imbécillité, évidemment parce qu'un tel être a été considéré comme un malheur pour sa famille.

Bille, s. f. L'expression « jouer au bouchon » était encore inconnue dans ma jeunesse ; elle était remplacée par celle de « jouer à la bille ». Le bouchon de liège remplaçait cependant déjà le plus souvent à ce jeu la véritable bille, c'est-à-dire le court fragment de branche d'arbre coupée aux deux bouts ; mais dans ce cas ce bouchon prenait le nom de bille. L'expression jouer à la bille dénote que l'usage des bouchons de liège n'a pénétré qu'à une époque relativement récente dans le canton d'Esternay. J'ai d'ailleurs vu très souvent boucher avec un simple bouchon de bois, de chiffon et même de papier, les bouteilles dans lesquelles on portait aux champs la boisson des moissonneurs. Le mot *bille* n'était du reste jamais employé pour désigner la petite boule qui porte ce nom en français ; on se servait toujours de l'autre nom français : *canette*.

Bique, biquet, biquot. Non seulement les mots *bique* et *biquet* ou *biquot* sont incomparablement plus souvent employés que ceux de chèvre et de chevreau, mais encore le mot *bique* a donné son nom à un jeu d'enfant. Dans ce jeu, la *bique* est une petite fourche en bois plantée en terre et entre les branches de laquelle on accroche un petit crochet en bois nommé *biquet* ou *biquot*. A côté de la bique se place le patient ou biquet. Les autres joueurs, armés de bâtons, se placent à quinze, vingt ou vingt-cinq pas de la bique, sur une ligne appelée but. Ils lancent successivement leurs bâtons contre la bique, dont les brusques oscillations projettent le biquet plus ou moins loin. Le patient se hâte alors de ramasser le biquet, de le replacer sur la bique et, avant que le biquet ne soit de nouveau décroché par le choc des bâtons des joueurs restés au but, il tâche d'attraper l'un de ceux qui sont venus chercher leurs bâtons et qui s'enfuient vers le but. Si, pendant que le biquet est sur la bique, un joueur, ayant ramassé son bâton, se laisse toucher de la main par le patient avant d'être rentré au but, il devient le gardien du biquet

On appelle aussi *biques* les taches produites sur les jambes des femmes par l'usage de chaufferettes ou *couvots* trop chauds.

Bique-à-buer, s. f. Espèce de gros trépied en bois sur lequel on place le cuvier à lessive.

Bique-bouc, s. f. Hermaphrodite.

Blonde, s. f. Bonne amie, celle qu'on recherche en mariage. Les jeunes filles blondes ne sont pas rares dans le canton d'Esternay, mais les cheveux de l'immense majorité sont d'un châtain plus ou moins foncé, et ils sont assez souvent noirs. Tout porte à croire qu'il en était déjà ainsi à l'époque où le mot *blonde* a pris l'acception de bonne amie. Cette acception doit donc tenir, non à une prépondérance numérique des filles blondes, mais à ce qu'elles étaient préférées par la généralité, ou tout au moins par la majorité des jeunes gens.

Blosse, s. f. Petite prune à pelure rouge-brun, noirâtre, un peu inférieure à la prune de damas, sous le rapport de la taille et de la qualité.

Blossier, s. m. Prunier qui porte des blosses.

Bonnet-carré, s. m. Voir *gallois*.

ˉ Boquer, v. a. Synonyme de *heurter, taper, toquer*.

Botter, v. a. Synonyme d'*élaguer*, mais beaucoup plus usité que ce dernier. Le verbe français *ébotter*, dont le sens est un peu différent, est inconnu dans le canton d'Esternay.

Boucheton. Placer à *boucheton* une soupière, une assiette, un pot, une marmite, etc., c'est les placer la bouche ou l'ouverture en bas et le fond ou les pieds en l'air. L'expression se mettre ou se coucher à *boucheton* signifie se mettre ou se coucher sur le ventre, et se dit seulement des personnes.

· Boude, s. f., et **boudeau,** s. m. Remplacent toujours le français nombril. Ils s'appliquent surtout aux personnes, et le nombril des animaux est généralement appelé *boutri*.

Boulin, s. m. Remplace le français *bouleau*. On emploie aussi le diminutif *bouliniau* qui se prononce *boulignau*, suivant la règle du *ni* mouillé exposée dans les *Considérations préliminaires*.

Bourbiller, v. n. Signifie *grouiller, fourmiller*. On dit, par exemple : il y a des masses de poissons à tel endroit, tout y *bourbille*. Le mot doit venir de ce que les bandes de poissons, surpris dans leurs ébats par les personnes, soulèvent parfois, dans leurs évolutions précipitées, la bourbe des cours d'eau, des étangs et des viviers.

· Bourrer (se), v. r. Ne signifie pas, comme en français, « se donner des bourrades » ; il signifie « lutter à bras le corps ».

·Boussac, s. m. Homme ou enfant ventru.

ˌ Boustifaille, s. f. Nourriture copieuse.

ˌ Boutri, s. m. Voir *boude*.

ˉBoyard, boyarde, adjectifs. Remplacent *bai, baie*, et sont souvent donnés comme noms propres aux chevaux et aux juments de couleur baie. L'adjectif *boyard* est évidemment l'ancien français *bayard*, qui est devenu le nom du cheval de Regnault de Montauban.

Briant, s. m. Nom de la crécelle, se dit pour *bruyant*.

· Bricoler, v. a. Possède, indépendamment de ses acceptions françaises, celle de faire différents petits ouvrages qui n'ont aucun rapport les uns avec les autres.

Broussiner, v. unip. Remplace le français *bruiner*.

Buquer (se), v. r. Synonyme de se *heurter*, se *cogner* contre quelque chose. Dans son *Histoire de la formation de la langue française*, 2e édition in-8°, page 389, Ampère signale ce verbe comme existant au neutre dans le picard, avec le sens de « frapper à la porte », et il le fait venir de l'allemand *pochen*. J'en infère l'intime parenté de *buquer* avec le verbe *boquer*, dont il a été question plus haut.

C

Cabidos (monter à). C'est se placer sur le dos de quelqu'un dont on entoure le cou avec les bras et le corps avec les jambes. On dit aussi : porter quelqu'un à *cabidos*.

Cagne ou **caigne,** s. f. ; **caignat,** s. m. Le mot *cagne* ou *caigne* se dit des personnes et des animaux et signifie lâche, paresseux, rosse, rossard, comme le français *cagnard*, auquel il correspond. Il doit avoit autrefois signifié, au sens propre, chienne, comme l'ancien français *caisgne*; car son diminutif *caignat* signifie encore chien de petite taille, avec tous les sens, propre et figuré, du mot roquet.

Câgne, s. f. Synonyme de *crosse*, pris dans le sens de bâton recourbé à l'un des bouts. La *câgne* a donné son nom à un jeu; et, au jeu de *câgne*, on appelle *chânet* (racine *chêne*) le morceau de bois arrondi qu'on frappe avec la partie recourbée de la *câgne*, pour tâcher de le faire parvenir à l'une ou à l'autre des extrémités d'une prairie, suivant qu'on appartient à l'un ou à l'autre des deux camps, des deux partis adverses.

Câgner, v. n. Synonyme de *boiter*.

Câgneux, câgneuse, adjectif. Synonyme de *boiteux, boiteuse*. Le briard *câgneux* n'a certainement aucune espèce de rapport avec le français cagneux, dont le sens est tout autre et qui n'existe pas en briard, où il est remplacé par le mot *bancal,* pris dans l'une de ses acceptions qui sont toutes opposées à celle de chose droite, rectiligne. *Câgneux* est évidemment l'analogue du français béquillard et il vient de câgne, ou, en d'autres termes, il signifie étymologiquement « celui qui marche avec une ou deux câgnes », dont la partie recourbée sert d'appui soit à la main, soit à l'aisselle. Telle était, en effet, la béquille dans son état primitif, un simple bâton recourbé, une câgne ou une crosse, suivant les expressions briardes. C'est pour cela qu'en briard, comme au reste dans d'autres patois, la béquille est encore exclusivement appelée crosse, malgré les transformations successives qu'elle a subies, en devenant d'abord un T formé par un bâton muni d'une traverse au bout d'en haut, puis un assemblage de deux bâtons réunis par en bas et maintenus écartés par une traverse à leur extrémité supérieure. Enfin, si les Briards ont choisi le mot *câgne*, à l'exclusion de son synonyme crosse, pour en dériver l'une de leurs appellations du boiteux, c'est parce que le mot *câgne*, ne désignant jamais le bâton épiscopal, ne pouvait transmettre aucun sens amphibologique à son dérivé ; tandis que le dérivé de crosse eût, au contraire, été amphibologique, puisque le mot crosse possède de nombreuses acceptions, notamment celle de câgne, celle de béquille et celle de bâton épiscopal.

Cailla, cala, écala, s. m. Synonymes de *noix ;* signifient étymologiquement « le fruit à écaille ou écale ». Le mot noix est d'ailleurs également masculin en briard. Au lieu du briard *cala*, on trouve dans Rabelais (I, 25) le mot *quéca*, qui doit signifier « le fruit à coque ou coquille ».

Calarier, écalarier, s. m. Qui sont synonymes de *noyer :* l'arbre qui produit des *calas* ou *écalas*.

Calvarnier, s. m. Mot qu'on trouve sous la forme *calvanier* dans maints dictionnaires français, notamment dans ceux de l'Académie, de Bescherelle, de Boiste, de Larousse, de Noël et Chapsal, et de Poitevin, mais qui manque dans celui de Littré. Ce mot, très répandu dans le nord de la France, me paraît inusité au sud de la Loire. En rangeant ce mot dans la liste de ceux où il croit reconnaître le préfixe péjoratif *cal* dérivé du celtique *gwal*, M. Le Héricher s'exprime ainsi : « *Calvanier*, homme de journée, terme d'agriculture, en nor-

mand *calvenier*, sens péjoratif; c'est le faux bannier, du vieux français *bannier*, homme sujet au ban, à la corvée. »
(*Revue de linguistique*, année 1883, page 60.) Mais je ne vois pas pourquoi le calvanier aurait plutôt mérité le nom de faux bannier que les autres ouvriers agricoles. En outre, je rappelle que le calvanier range les gerbes de céréales sur les voitures, les entasse ensuite dans la grange, et met en meules toutes celles qui ne peuvent trouver place dans les bâtiments de la ferme. Ce sont des opérations aussi difficiles qu'importantes, qui exigent autant de force que d'adresse, et qui font accorder au calvanier l'estime justement méritée de tous les autres ouvriers agricoles, au premier rang desquels on le place partout. Si j'ajoute que le mot calvanier appartient au langage populaire, ou, pour mieux dire, au langage agricole, et qu'il doit, par conséquent, avoir été formé par les paysans et non par les classes aristocratiques, on admettra sans doute avec moi qu'il est plus que douteux que ce mot, pris partout en si bonne part, provienne d'un radical à sens péjoratif, comme le prétend M. Le Héricher.

Cani, s. m. Caneton et partie externe des organes génitaux de la femme.

Capir (se), v. r. Synonyme de *se blottir*, *se tapir*, est probablement apparenté au français *se clapir*.

Cara. Voir *Khara*.

Carapie, s. f. Qui se décompose clairement en « chair à pie », est synonyme du mot charogne. Il se prend, comme celui-ci, tantôt au propre pour désigner le corps corrompu d'une bête morte, tantôt au figuré comme terme de mépris s'appliquant aux personnes et aux animaux vivants.

Carcan et **carcanier**, s. m. Au sens propre, un *carcan* est un mauvais cheval qu'on envoie à l'équarrisseur ; au figuré, c'est un terme de mépris qui s'applique aux personnes et aux animaux. *Carcanier* signifie équarrisseur. Pour l'étymologie, voir Le Héricher, *o. c.*, p. 179.

Carne, s. f. En outre de son acception française « mauvaise viande », *carne* possède en briard l'acception figurée de lâche, apathique, qui s'applique aux personnes et aux animaux.

Carriole, s. f. Petite charrette à un cheval.

Casse-musiau, s. m. Signifie uniquement une pomme ou une poire revêtue de sa pelure et cuite au four dans une épaisse enveloppe de pâte à faire le pain. C'est parce que son enveloppe devient extrêmement sèche et dure à la cuisson que l'objet a été nommé *casse-musiau;* et c'est sans doute lui que Rabelais désigne, lorsqu'il dit (VI, 30) que Quaresmeprenant avait « les os comme des cassemuzeaulx ».

Casque, adj. des deux genres. Signifie coriace et sans saveur; se dit de toute chose susceptible d'être mangée.

- **Catin** et **cateau**, s. f. Possèdent, indépendamment de leurs acceptions françaises, celle de poupée d'enfant.

. **Chabane**, s. f. Peau de mouton généralement teinte en bleu, dont on recouvre le collier des chevaux de gros trait; mot apparenté au français *chabin*.

Chacoter, v. n. S'amuser à couper un brin de bois en petits morceaux ou à le réduire en copeaux avec un couteau, une serpette ou un canif. Le mot pourrait bien être apparenté au français *chapoter*, quoiqu'il en diffère un peu par la forme et par le sens.

Chafrogneux ou **chafougneux**, adj. Quelquefois pris substantivement; se dit d'une personne qui est difficile sur la nourriture, qui ne mange pas de tous les mets, qui prend les aliments du bout des lèvres et les mange du bout des dents en en laissant une partie dans l'assiette, absolument comme le chat, dont le nom doit être entré dans la composition de ce mot.

Chaillot, s. m. Est évidemment apparenté à *caillou*. On dit, comme en français, un caillou, pour désigner une pierre siliceuse; mais on dit : c'est du *chaillot*, pour indiquer qu'une pierre ou un rocher sont de nature siliceuse. Les deux expressions briardes correspondent donc aux deux expressions françaises : c'est un silex, et c'est du silex. Ampère a d'ailleurs déjà fait observer (o. c., p. 242) qu'on trouve *chaillo* pour *caillou* dans le *Roman de Berte aux grans piés*.

Chalouas, s. m. Terme de mépris dont le sens m'a toujours paru vague, qui s'applique exclusivement aux personnes, et dans lequel j'ai toujours vu, peut-être à tort, une déformation du mot *chat-husant*, nom briard du *chat-huant*.

Chânet, s. m. Voyez *câgne*.

Chaqueue, s. m. On trouve dans Littré : « *Chaqueue*, s. f. Un des noms vulgaires de la prêle. Étymologie : chat et queue. » J'ajoute que toutes les espèces du genre prêle, qui sont désignées en briard par l'expression masculine de *chaqueue*, s'appellent le plus généralement *queue-de-cheval* en français, et que cette dernière expression est la traduction du nom latin *equisetum*, conservé par les botanistes. Je me suis d'ailleurs arrêté sur le mot *chaqueue*, surtout pour faire observer qu'il est bien préférable à l'expression latine, puisque les prêles ressemblent peu à des queues de cheval et que leur tige est précisément annelée comme la queue des chats sauvages et comme celle des chats domestiques à robe grise plus ou moins foncée.

Charbonnée, s. f. Est l'un des mots que peu de personnes doivent se rappeler aujourd'hui, parce qu'on n'a plus l'occasion de l'employer, à moins de raconter des histoires d'un passé déjà loin. J'ai assisté deux fois, dans mon enfance, à la pèche de l'étang de La Hart, longtemps célèbre à la halle de Paris, appartenant à la baronne d'Aurillac, et desséché vers 1833 ou 1834. A chaque pêche, qui était une fête de plusieurs jours pour tout le village, les meuniers et les fermiers de la propriétaire de l'étang arrivaient avec chacun un panier, qu'on leur remplissait de poissons de moyenne taille. C'est ce poisson, don du seigneur à ses fermiers, qu'on appelait la *charbonnée*. Rentrés chez eux, les fermiers en faisaient, soit des fritures, soit, le plus souvent, d'excellentes matelottes. Mais il est certain qu'il n'en avait pas toujours été ainsi, que leurs ancêtres, les serfs de la glèbe, ne s'étaient pas permis le luxe d'une telle cuisine, aussi coûteuse que raffinée, qu'ils s'étaient contentés de faire griller leur poisson sur des charbons, peut-être même séance tenante aux feux de bivouac des pêcheurs. Le mot *charbonnée* suffit à lui seul pour l'indiquer; car il vient incontestablement du latin *carbo*, comme son parent le vieux français *carbonade*, signifiant grillade, viande grillée, et souvent employé par Rabelais, notamment au liv. Ier, chap. 21.

Charculot, s. m. Synonyme de *culot*, c'est-à-dire, soit le dernier né, soit le plus petit, d'une famille, d'une portée ou d'une couvée.

Chaureiller ou **chaureyer**, v. n. unip. Dont on se sert pour indiquer la sensation de chaleur avec fourmillement éprouvée dans n'importe quelle partie du corps. Exemple : le pied gauche me *chaureille*.

Chon, s. m. Espèce de lardon roussi et desséché dont on a retiré la graisse ou saindoux, par la fonte soit du lard, soit de la panne.

, Chou! Interjection qui signifie : attention! tiens! attrape! et qu'on adresse au chien auquel on présente ou l'on jette un os, un morceau de pain, etc.

Chûter, v. n. Se dit du chien qui pleure pour demander à manger ou à être détaché; il se dit aussi parfois des enfants qui pleurnichent. C'est une onomatopée.

- Cimer ou **simer**, v. n. Signifie suinter, suppurer.

Cincerelle ou **sincerelle**, s. f. Est l'unique nom briard du cousin ou moustique.

Claquot, s. m. Vessie natatoire des poissons, ainsi nommée parce que les enfants la font claquer en la frappant avec leurs sabots ou tout autre objet.

Cliquot, s. m. Mauvais petit moulin, ainsi nommé du cliquet ou claquet de moulin. *Cliquet* était déjà inusité en briard il y a une cinquantaine d'années, il était remplacé par le mot *babillard*. Au reste, le cliquet n'existant plus dans les moulins nouveau modèle, les mots cliquot et babillard sont de moins en moins employés.

Clôgner, v. a. Bâtonner, battre, corriger, signifie littéralement donner des coups de quenouille, qui se prononce *clôgne* en briard.

Collée, s. f. Doit avoir signifié à l'origine un sac plein jusqu'au col; mais le mot se dit aujourd'hui d'un sac plus ou moins rempli d'une denrée quelconque.

Côrasse, s. f. Synonyme de *grenouille*.

Cornâille, s. f. Correspond évidemment comme forme au français *corneille*. Mais, la corneille n'existant pas en Brie, le mot *cornâille* désigne toujours le corbeau, dont le nom est inusité en briard.

- **Couenne**, s. f. Dont l'une des acceptions est celle d'imbécile.

- **Coinner, couiner, cuîler, cuîter**, v. n. Signifient tous les quatre pousser des cris aigus, soit de douleur, soit de détresse. Les deux premiers sont synonymes et s'appliquent uniquement au chien, au porc, au hérisson, à la fouine, au putois, au loir, à la belette, aux diverses espèces de rongeurs, ainsi qu'aux personnes, mais plus particulièrement aux enfants. Quant aux deux verbes synonymes *cuiler* et *cuiter*, ils s'appliquent exclusivement aux oiseaux. Tous les quatre sont évidemment des onomatopées, comme tant d'autres mots briards.

Couver, v. n. Faire usage d'un *couvot* ou chaufferette.

- **Crâler**, v. n. D'où *crâleux, crâleuse*. Le verbe *crâler* ne se dit pas seulement de l'un des ramages de la poule, il signifie aussi *hâbler, se vanter;* et si une poule *crâleuse* est celle qui a l'habitude de *crâler*, un *crâleux* est un individu hâbleur, vantard.

Crocote, s. f. N'existe plus et n'a peut-être jamais existé en briard. Mais je tiens néanmoins à montrer en passant combien est invraisemblable l'étymologie suivante, proposée par M. Le Héricher (*o. c.*, p. 186) : « *Crocote*, animal légendaire, vieux français (Hippeau, *Dict.*, sans autre définition), peut-être pour *cra-cote*, faux coq, ou fausse cocote. » Il est probable que M. Le Héricher n'aurait pas fait cette supposition s'il s'était livré aux considérations suivantes : d'abord, à côté des satyres, des loups-garous, des centaures, des tigres, des léopards, etc., Rabelais mentionne aussi (V, 30) la *crocute* et la *leucrocute* parmi les choses remarquables qu'on rencontre au pays de Satin, c'est-à-dire dans les tapisseries. En outre, Pline signale (VIII, 30), parmi les animaux d'Éthiopie, la *leucrocote*, dont il donne une description textuellement reproduite par Rabelais, et « des *crocotes* qui proviennent de la chienne et du loup; il n'est rien que leurs dents ne brisent, rien que leur estomac ne digère à l'instant ». Il est facile de reconnaître, dans la *crocota* de Pline, l'hyène rayée du midi de l'Asie et du nord de l'Afrique; et comme le fond de sa robe est gris fauve, il est possible que son nom de *crocote* soit dérivé de κρόκος, ainsi que celui du crocodile. Quoi qu'il en soit, il n'en restera pas moins certain que *crocota* est la forme latine du grec κροκότας, qui signifie hyène ; et c'est pourquoi les naturalistes modernes ont donné le nom de *crocotes* à l'une des subdivisions du genre hyène. La crocote n'est donc pas un faux coq, ou fausse cocote ; c'est une hyène dont le nom nous est venu des Latins, qui l'avaient reçu des Grecs, et personne ne s'étonnera de ce que cet animal, déjà légendaire dans Pline, le soit devenu davantage dans l'ancienne France.

• **Croisette**, s. f. Signifie alphabet et livre d'alphabet. Exemple : savoir sa *croisette*, lire dans la *croisette*.

• **Croquant**, s. m. Est l'unique nom du *cartilage*. Il suffirait à lui seul pour dénoter l'ancienne habitude, encore subsistante, de manger les cartilages. Casser le *croquant*, expression synonyme de *dépuceler*, est également caractéristique comme témoignage d'une grosse erreur anatomique.

Crosse, s. f. Voyez *câgne* et *câgneux*.

Croûlement, s. m., et **croûler**, v. n. Le croûlement des boyaux signifie borborygmes, et les boyaux croûlent quand ils font entendre des borborygmes.

Cuîler ou **cuîter**, v. n. Voir *coinner*.

Culton, synonyme de *lambin*, signifie littéralement *cul lourd, cul de plomb;* d'où le verbe *cultonner*, lambiner.

D

Daguenelle, s. f. Moitié ou quartier de pomme ou de poire séché au four. L'adjectif *daguenellé* signifie ridé comme une *daguenelle*.

• **Dardiller**, v. n. Signifie uniquement marcher en zigzag, et s'applique le plus souvent aux ivrognes. Le mot dard s'emploie pour désigner la langue des serpents, et c'est ce qui explique la formation du verbe *dardiller*, dont l'acception étymologique est celle de « se mouvoir tantôt à gauche, tantôt à droite, comme la langue des serpents ».

Darne, édarnement, édarner. Le qualificatif *darne* s'applique aux personnes et aux animaux dont le cerveau est privé, par suite d'accidents ou de maladies, d'une plus ou moins grande partie de ses facultés intellectuelles et locomotrices. L'*édarnement* est l'espèce d'étourdissement de celui ou de celle qui est *darne*; il peut être de très courte durée, mais il peut aussi persister jusqu'à la mort, notamment chez le mouton *darne*, c'est-à-dire atteint de tournis. Les principales causes de l'édarnement chez les personnes sont les excès de boisson, les coups sur la tête et les insolations. Enfin, le verbe *édarner*, rendre *darne*, s'emploie aux deux voix, passive et réfléchie.

Déhoter. Voir *enhoter*.

Demicer, v. a. Couper, découper, dépecer. On dit *demicer* le pain, une tarte, un morceau de cochon, un poulet. La racine est *demi*, qui est la moitié d'un tout. Le mot dénote l'ancienne habitude, encore subsistante, de découper, soit une tarte, soit un morceau de viande, d'abord en deux moitiés ou demi-tout, puis chaque moitié en deux quarts ou demi-moitiés, ensuite chaque quart en deux huitièmes ou demi-quarts, etc. De sorte que si les paysans briards voient jamais le règne de la poule au pot, le mot *demicer* suffira pour rappeler à leurs descendants que ce règne n'a pas toujours existé.

Dépiauter, v. a. Écorcher, dépouiller. Racine *peau*, qui se prononce *piau*.

Dépotraillé, signifie *débraillé*. Racine *poitrine*, qui se prononce *potrine*.

Drouino, s. m. Unique nom du troène.

Drussir, v. n. Devenir dru, enforcir, grandir, en parlant des jeunes oiseaux.

E

Eboulancer (s'), v. r. Prendre son élan pour sauter.

Ecala et **écalarier**. Voir *cailla* et *calarier*.

Eclage, s. dont le genre n'est pas bien fixé. C'est une flaque d'eau de moyenne étendue, temporairement produite par l'eau de pluie, dans les parties déclives d'un chemin, d'un champ, d'une prairie, etc. Je présume que le mot dérive d'*éclat*, parce que la surface de l'*éclage*, comparable à celle d'un miroir, resplendit à la lumière du soleil ou de la lune.

Ecocheton, s. m. Le briard d'Esternay ne possède pas, ou peut-être ne possède plus, deux mots français existant dans Bescherelle et dans Larousse: *écochelage*, action d'*écocheler*, c'est-à-dire de ramasser avec un râteau, en petits tas de la grosseur d'une javelle, les andains d'avoine, d'orge, de vesce, de gesce, etc. Mais il possède ce mot qui n'existe pas dans Bescherelle, ni dans Larousse: *écocheton*, petit tas d'avoine, d'orge, etc., qu'on fait en écochetant.

Ecoi, s. m. Se mettre à l'*écoi*, c'est se mettre à l'abri du vent ou de la pluie. La racine est évidemment l'adjectif *coi*, tranquille.

Écouter, v. a. Possède, parmi ses acceptions, celle d'attendre.

Écouver (s'). Synonyme de s'*accroupir*. Sa racine est *couver*, et il signifie étymologiquement se mettre dans la position d'un oiseau qui couve.

Écrabouiller, v. a. Écraser, mettre en poussière ou en marmelade, en bouillie. Les racines sont incontestablement *écraser* et *bouillie*. Littré et M. Le Héricher (o. c., p. 179) ont proposé des étymologies peu satisfaisantes pour le français *écarbouiller*, qu'on doit avoir primitivement prononcé *écrabouiller* comme en briard. Je le crois d'autant plus volontiers qu'on trouve également *écrabouiller* en normand, comme le dit M. Le Héricher. Le briard *écrabouiller* est d'ailleurs le synonyme et l'analogue du verbe *émarmeler*, qui signifie littéralement mettre en marmelade.

Édarnement, édarner. Voir *darne.*

**Égault, égaudir (s'), gaudence, gaudine, gault, gaultier
ou gautier.** L'expression briarde « se mettre à l'égault » est
aujourd'hui synonyme de « se mettre à l'écoi », c'est-à-dire
se mettre à l'abri de la pluie ou du vent, comme on l'a vu
plus haut. Mais je crois qu'à l'origine, se mettre à l'égault
signifiait tout spécialement se mettre à l'abri sous bois, s'em-
bûcher, ou, en d'autres termes, que *égault* vient de *gault*, dérivé du tudesque *wald*, bois ou forêt, et comme les faits sur
lesquels je fonde mon opinion ne me paraissent pas très
généralement connus, je me permettrai de les rappeler ici.
Dans le Dunois, « une vaste forêt, celle de Gault, qui a valu
leur nom au Gault (*Gaudum Thesaurarii*) (canton de Droué),
et au Gault en Beauce (*Gaudum S. Stephani*) (canton de Bon-
neval), recouvrait les frontières des départements actuels
d'Eure-et-Loir et de Loir-et-Cher, aujourd'hui presque complètement découvertes. » (Alfred Maury, *Les forêts de la
Gaule et de l'ancienne France*, p. 263.) « Au nord-est de Ro-
morantin subsistent encore les restes de la forêt de Brua-
dan... Le défrichement d'une partie de cette forêt de la So-
logne avait donné naissance à un petit pays appelé *le Gault*,
comme la forêt du Dunois, et qui a laissé son nom à Mar-
cilly-en-Gault. Ce mot *Gault*, dérivé de *Wald*, rappelle la
forme *Gautier* qu'a prise en français le nom germanique de
Walder, Walter, « forestier », et se montre fréquemment en
Normandie, où l'on trouve Bois-du-Gault, Mesnil-Gault ; il
s'est altéré ailleurs en *Goult* (Lande-de-Goult). » (A. Maury,
o. c., p. 270.) Dans l'Albigeois, la forêt de Grésigne offre
encore aujourd'hui une superficie de 3,264 hectares. « Au
moyen âge une foule de communes y jouissaient du droit
d'usage, notamment celle de Gaillac, qui y avait droit de *gaudence*, c'est-à-dire droit de prendre, chaque année, pour faire
merrain, 150 pieds d'arbres, en payant un prix déterminé. »
(A. Maury, o c., p. 400.) « Dans la Champagne Pouilleuse, le
premier rang appartenait, entre les forêts, à celle de *La Traconne*, située à l'ouest de Sézanne et qui fit originairement
corps avec celle *du Gault*, sise plus au nord, ainsi que l'indique le *Grand-Essart* placé entre les deux forêts sur la carte
de Cassini. » (A. Maury, o. c., p. 220.) En plaçant aussi, à la

même page, dans la Champagne Pouilleuse, les bois situés aux environs de Nangis et de Provins, A. Maury achève de montrer combien j'avais raison de dire, dans le § 1er, que l'on confond très souvent la Brie avec la Champagne. Le fait est que le *Grand-Essart* précité, aujourd'hui nommé les *Grands-Essarts*, est une commune parfaitement briarde du canton d'Esternay, que la forêt du *Gault* commence à environ trois kilomètres d'Esternay, celle de *la Traconne* à deux kilomètres tout au plus, et que ces deux forêts sont tout entières situées sur le territoire de la Brie, en majeure partie dans le canton d'Esternay. Il faut ajouter que sur les parties entièrement défrichées de la forêt du Gault, on trouve le village du *Gault*, et le hameau de *la Gaudine*. Le canton d'Esternay est donc l'une des nombreuses régions où le mot *gault* a été autrefois synonyme de bois ou forêt. Si maintenant on considère qu'en dehors du territoire occupé par les forêts du Gault et de la Traconne, le canton d'Esternay est encore aujourd'hui couvert d'une multitude d'autres bois et de bosquets, malgré les nombreux défrichements accusés par une foule de noms de lieux auxquels il a été fait allusion dans le § 1er, on concevra facilement que ses anciens habitants aient eu l'habitude, encore existante, de se réfugier sous bois pour se mettre à l'abri de la pluie, et qu'ils se soient, dans ce cas, servi de l'expression « se mettre à l'égault ». Cette expression est d'ailleurs comparable au vieux mot *s'égaudir*, se promener ou chasser dans le bois, encore employé aujourd'hui dans la Picardie, province limitrophe de la Brie. Je fais observer à ce propos que le sens du mot *s'égaudir* s'oppose à ce qu'il vienne du latin *gaudere* comme le prétend Larousse ; que *s'égaudir* vient certainement de *gault*, de même que le hameau de *la Gaudine* et le droit de *gaudence ;* enfin que, sous le double rapport du sens et de l'étymologie, il y a autant de différence entre *s'égaudir*, se promener dans le bois, et se *gaudir*, se réjouir, qu'entre *pêche*, fruit, et *pêche*, art de prendre du poisson.

Émarmeler. Voir *écrabouller*.

Empierger, v. a. et v. n. Racine pied. S'embarrasser les pieds dans des ronces, des viormes ou clématites, du chiendent, etc. *Empierger* un animal, c'est l'entraver, l'attacher par le pied ou par les pieds. Le mot tient lieu en briard du français *empétrer*, que je crois, comme quelques auteurs, dérivé du latin *pes*, et non pas de *petra*, comme le prétendent d'autres auteurs ; car cette dernière étymologie ne rend nullement compte des acceptions du verbe empétrer.

Encloïer, v. a. et v. r Un bâton ou tout autre objet *encloïé* sur un arbre, sur un toit, etc., est celui qui, après y avoir été lancé, y reste suspendu, accroché, retenu. Je me demande si le mot ne serait pas une corruption du verbe enclouer.

Enhoter, v. a. et v. r. Possède un sens plus étendu que le français *embourber*, qu'il remplace en briard. Il se dit de tous les véhicules portés sur des roues, voitures, charrues, etc., même de la brouette à une seule roue, ainsi que des conducteurs de ces divers véhicules. Le mot se dit, du reste, de ces véhicules lorsqu'ils sont arrêtés dans leur marche par n'importe quelle cause, la boue des ornières et des fondrières, les grosses pierres ou heurts des chemins et des champs, la rapidité des côtes à monter, l'insuffisance ou l'épuisement des forces des bêtes attelées. Or, le français *enheuder* signifiant maîtriser, arrêter, fixer en place des animaux avec des entraves ou heudes, il est permis de supposer une parenté entre *enhoter* et *enheuder*. Enfin *dèhoter* signifie démarrer, remettre en marche un véhicule *enhoté*.

Ennouer (s'), v. r. S'engouer, s'obstruer le gosier ou l'œsophage.

Entoïer, v. a. et v. r. Enfoncer dans une boue épaisse et gluante, d'où l'on se retire avec peine.

Entommir, v. a. Engourdir. Son participe passé, employé comme qualificatif, ne diffère guère du mot *gourd* qu'au point de vue de la cause de l'engourdissement. Ainsi, par exemple, une main gourde est celle dont l'engourdissement est occasionné par le froid ou par la réaction qui lui succède ; tandis qu'une main *entommie* est celle dont l'engourdissement résulte soit d'un coup qu'elle a reçu, soit du choc ou de la compression de certaines régions du bras. Le mot *entommi* est analogue au vieux français *estommi*, employé par Rabelais (I, 43) dans le sens d'*étonné* : ce qui me porte à croire qu'à l'origine, le briard *entommi* servait tout particulièrement à désigner la sensation déterminée par un choc sur le nerf qui passe à la pointe du coude.

Épicière, s. f. C'est la volette en cordelettes qui sert à garantir le cheval des mouches. Le nom doit lui venir de ce qu'elle a été introduite à Esternay par l'épicier, qui était autrefois l'un des gros personnages de l'endroit.

Époné. Est un adjectif verbal et le participe passé du verbe passif *être époné*, qui est assez souvent employé à la plupart des temps; au lieu que le verbe actif *époner* et le verbe réfléchi *s'époner* sont presque inusités et ne s'emploient même jamais à d'autres temps que le parfait de l'indicatif et le présent de l'infinitif. Je ne puis que répéter ici ce que j'ai dit sur le sens et sur l'origine de ce vocable, à la **page 189** de mon livre sur *Les chevaux dans les temps préhistoriques et historiques*. « Un homme *époné* est celui qui a une infirmité consistant en un développement anormal des bourses occasionné par une hernie inguinale, un hydrocèle, un sarcocèle, ou toute autre maladie de cette région. Le mot *epo* étant certainement l'un des anciens noms celtiques du cheval, l'expression « homme époné » doit avoir signifié, à l'origine, un homme qui a les bourses grosses comme celles d'un cheval; mais le sens primitif du mot ayant été oublié, on l'emploie aujourd'hui indistinctement pour désigner l'infirmité de l'homme et celle de tous les quadrupèdes, même celle du cheval. »

Étaquer, v. n. et v. r. Se poser sur une branche d'arbre, un mur, une pierre, etc., en parlant des oiseaux et des insectes pourvus d'ailes. Je crois ce mot apparenté au français et briard *attacher*, venu du celtique (gaël. *tac*, clou, et irland. *tag*, pointe), ainsi qu'au briard *tac*, substance très gluante qui sert à marquer les moutons et qui est composée de poix, d'huile et de suie. Dans ce cas, un insecte et un oiseau *étaqués* auraient été considérés métaphoriquement comme cloués ou collés sur les branches ou autres objets, ce qui ne surprendra nullement les personnes sachant avec quelle facilité on peut prendre à la main la plupart des insectes *étaqués*, notamment tous les coléoptères, souvent même les papillons et les libellules.

Étriver, v. a. Signifie contrarier, tourmenter, faire endêver, taquiner, asticoter. Je n'ai jamais entendu prononcer le mot *étriver* ailleurs qu'en Brie ; et je l'ai seulement rencontré dans la légende du Ramier, racontée vers la fin du livre Ier des *Pastorales de Longus*, dans la tradition archaïque de Paul-Louis Courier : « Or y avait-il non guère loin de là un jeune garçon... lequel *étrivait* à chanter à l'encontre d'elle, d'un chant plus fort, comme étant mâle, et aussi doux, comme étant jeune. » On voit qu'ici le mot *étriver* est à la vérité employé avec un sens analogue à celui qu'on lui donne en Brie, mais qu'il est employé au neutre, tandis que les Briards l'emploient toujours à l'actif ; et c'était une raison de plus pour insérer ce mot dans ce vocabulaire.

Étârer. Se dit uniquement des personnes et des animaux ; il signifie, à la voix active, terrasser, jeter par terre, et, à la voix passive, tomber par terre.

Étoquer, v. a. Synonyme d'*étayer*.

F

'**Fafluche**, s. f. Toute petite parcelle d'une substance solide. Exemple : avoir une *fafluche* ou ordure dans son verre, dans l'œil, dans la gorge, etc.

Falot, s. m., **Faloter**, v. a. Le mot *falot* possède, indépendamment de son acception française, celle de poignée de paille, d'herbes sèches ou de ramilles de bois, allumée pour *faloter*, c'est-à-dire pour flamber n'importe quel objet, notamment une volaille plumée pour la cuisine.

Far, s. m. Paille des céréales, correspond au vieux mot français *fouare, foare, foerre, feurre*. C'est la dernière forme qui est employée par Rabelais (II, 17 ; IV, 46), même pour désigner la rue du *Fouare*, à Paris (II, 10). Le mot briard est le latin *far*, blé, resté inaltéré.

Faumouchet, s. m. Est le nom briard de l'Emouchet ou Mouquet. La comparaison des deux noms français me parait insuffisante pour indiquer lequel des deux est le primitif ; mais la comparaison de *Faumouchet* avec *Emouchet* me

4

semble trancher la question en faveur de mouquet ou mouchet.

Fiens, s. m. Fumier. On prononce *fi-in*, de même qu'on dit *fi-inte* et *fi-inter*. C'est le bas-latin *fiens*, venu du latin *fimus*, et passé dans le vieux français sous les formes de *fient* et *fiant*.

Fiette, s. f. Correspond à l'ancien français *fiance*, pour confiance.

Flachoire, s. f. Espèce de petite seringue faite par les enfants avec un fragment de branche du sureau, et dont la canule est remplacée par un bouton en bois percé d'un petit trou au centre. Racine *flaquer*, lancer impétueusement un liquide quelconque.

Flandrin. Tient lieu du français Flamand, qui n'existe pas en briard. Ainsi, un *Flandrin* est un Flamand, un habitant de la Flandre, ce qui est parfaitement régulier; une vache *flandrine* est une vache flamande, et un *grand flandrin* est un grand mollasse.

Flâquer. Comme verbe actif, signifie donner des coups de fouet; comme verbe neutre, faire claquer un fouet.

Flâtrer (se), v. r. Se coucher nonchalamment, tout étendu sur le sol.

• **Flopée**, s. f. Multitude. Le complément indique la nature des objets; exemple : une flopée d'enfants. Quand *flopée* est employé sans complément, c'est toujours le mot coups qui est sous-entendu, et dans ce cas, *flopée* est synonyme de peignée, pile, ràclée, rincée, roudinée, rossée, roulée, trempe, mots qui sont également français et briards. Ce sont, du reste, les mots rincée, ràclée et pile qui sont le plus souvent employés.

Pourgâcher, v. a. Tourmenter, tracasser, asticoter avec un bàton ou une gaule, des animaux dans leur réduit. Se dit surtout des animaux dont le refuge est dans les trous des murs, des troncs d'arbre, de la terre, etc., comme les lapins de garenne et les guèpes, par exemple. Il est à peine besoin d'ajouter que, dans ces cas, l'action du bàton a été comparée à celle du fourgon et qu'il y a parenté entre *fourgàcher* et *fourgonner*.

Pourgane, s. f. Racine *four* ; chambre située au-dessus du four. Elle existe dans beaucoup d'anciennes fermes de la Brie, et sert de remise aux objets qu'on veut préserver du froid et de l'humidité.

Foussir, v. a. Comprimer, condenser, avec les pieds ou avec les mains, les céréales et les fourrages dans les bâtiments ou sur les meules, le linge dans les meubles ou dans les malles, etc., etc. De là vient l'adjectif *foussi*, dont l'acception normale se change en celle de *trapu*, lorsqu'il s'applique aux personnes ou aux animaux.

G

Galette, s. f. Est synonyme de *tarte*, et la pâtisserie qu'on appelle *galette* en français se nomme toujours *gâtiau* en briard. Le mot *gâteau* est d'ailleurs un terme générique en briard comme en français.

Gallois, s. m. Est le nom de l'arbrisseau appelé *fusain* en français. On le désigne aussi sous le nom de *bonnet-carré*, à cause de la forme de ses fruits.

Gâtiau. Voir *galette*.

Gâtine, s. f. Qui a existé dans l'ancien français avec les acceptions de lieu désert, lande, terre inculte, et qui subsiste encore en briard avec un tout autre sens. Un champ en gâtine est, en briard, un champ cultivé dont les emblaves sont exposées aux ravages des animaux, soit sauvages, soit domestiques, suivant l'endroit où il est situé. Ainsi, on appelle *gâtines* les champs cultivés qui touchent la lisière des bois et dont les emblaves sont, par cela même, exposées aux ravages du gibier, sangliers, cerfs, chevreuils, lapins, etc. On nomme également *gâtines* les champs cultivés qui sont contigus à des villages ou qui bordent des chemins, parce que leurs emblaves sont exposées aux ravages des volailles et des bestiaux. Il est à peine besoin d'ajouter qu'un champ cultivé peut être exposé en même temps aux ravages des animaux sauvages et des animaux domestiques, qu'il peut ainsi mériter doublement le nom de *gâtine*, lorsqu'il est contigu à un village bâti auprès d'un bois.

D'après Littré, le mot *gâtine* aurait pour étymologie « l'ancien verbe *gastir*, ravager, de l'ancien haut-allemand *wastjan*, ravager » ; mais on lui a attribué depuis une étymologie latine qui me paraît plus probable. Larousse a fait dériver *gâtine* du verbe *gâter*, ce qui nous reporte au latin *vastare*, ravager ; et Alfred Maury avait dit auparavant, dans *Les forêts de la Gaule et de l'ancienne France*, p. 154 : « Cette grande forêt Yveline doit, à une époque très reculée, s'être unie à l'est à la forêt de Brière ou de Fontainebleau, au sud à celles d'Orléans et de Montargis ; car la région découverte qui sépare ces forêts prit le nom de Gastinais ou Gâtinais, en latin *Vastinium*, c'est-à-dire lieu défriché. Cette désignation doit remonter aux Romains. » Maury ajoute en note que : « On trouve ce nom de *Vastinium* appliqué à bien d'autres contrées de forêts défrichées », fait sur lequel je reviendrai plus loin. Il dit aussi à la page 267 : « L'établissement de la chaussée de Dreux à Paris, qui date de l'époque galloromaine, amena de nombreux abattis qui durent se continuer dans les âges suivants ; ils se multiplièrent surtout au sud, ce qui donna naissance à une *gâtine*, dont la création a fait donner à un village le nom de *Saint-Laurent-de-Gâtine*. » Il parle, à la page 278, « de la forêt de Vatan, dont le nom (*Vastinium*) indique, par son étymologie, un ancien essart ou gâtine ». Il ajoute, à la page 344 : « Une des forêts du Poitou portait, comme une de celles du Vendômois, le non *Gâtine*, qui désignait la contrée que son défrichement rendit habitable. »

En suivant sur une bonne carte l'histoire des déboisements successifs de la France telle que Maury l'a exposée, et en y vérifiant les positions des pays assez nombreux qui s'appellent aujourd'hui soit le Gâtinais, soit la Gâtine, soit les Gâtines, et qui portaient d'abord le nom de *Vastinium*, on constate que tous sont des emplacements de forêts défrichées, ce qui vient à l'appui de l'opinion de cet auteur, suivant laquelle *vastinium* signifiait à l'origine un essart ou lieu défriché.

On voit toutefois dans Du Cange que, dès le moyen âge,

vastinium et ses dérivés néo-latins *vastinum*, *vastina* et *gastina*, qui est la forme ancestrale la plus rapprochée du français *gâtine*, ont été employés pour désigner non seulement un terrain déboisé (*terra nemore vacua*), mais encore un pâturage (*ager pascuum*), un territoire sablonneux, stérile, inculte (*ager arenosus*, *sterilis*, *incultus*), et que l'une des acceptions de *gastina* a même été celle de champ couvert de moissons (*agrum suis frugibus vestitum*).

On s'explique d'ailleurs très bien comment sont nées, avec le temps, les diverses acceptions de *vastinium* et de ses dérivés, soit anciens, soit modernes. On conçoit que *vastinium* ait d'abord signifié un lieu défriché, c'est-à-dire l'emplacement d'un bois ravagé (*vastatus*) par le fer et par le feu, surtout par le feu, puisque tel a toujours été et tel est encore le principal agent du défrichement des pays très boisés. *Vastinium* et ses dérivés ont ensuite été employés avec les sens de pâturage, lande, terre inculte, parce qu'à l'origine, une minime partie des terrains déboisés a été seule cultivée. D'aucuns ont fini par attribuer à *gastina* le sens de champ cultivé, parce qu'en effet une plus ou moins grande partie des terrains déboisés a fini par être mise en culture. Quant aux paysans briards, s'ils ont attribué à *gâtine* l'acception de champ cultivé touchant la lisière d'un bois, et dont les emblaves sont ravagées par le gibier, c'est parce qu'ils ont été très affectés d'un ancien état de choses qui était l'une de leurs grandes calamités et qui n'a pas encore totalement disparu. Enfin, c'est par analogie que les Briards ont appelé *gâtine* un champ cultivé contigu à un village, et dont les emblaves sont ravagées par les animaux domestiques; et cette dernière acception du mot *gâtine* survivra seule à toutes les autres, quand le gibier des forêts sera devenu assez rare pour ne plus ravager les champs environnants.

Il est à peine besoin d'ajouter qu'une foule de noms de lieux sont un témoignage irrécusable de l'importance des déboisements dont la Brie et notamment le canton d'Esternay ont été le théâtre, pendant et depuis l'époque gallo-romaine, que la région est, par conséquent, en grande partie constituée par d'anciens essarts, et qu'autrefois le mot *vastinium* ou *gâtine* a dû, là comme ailleurs, avoir l'acception d'essart, avant de prendre celles qu'on lui voit aujourd'hui.

Gaudence, gaudine, gault. Voir *égault*.

Giron, s. m. Signifie uniquement tablier de femme; et une *gironnée* est un plein tablier d'une denrée quelconque.

Glai, s. m., et **glaje**, s. f. S'emploient le plus souvent au pluriel. *Glai* ne désigne pas, comme en français, une touffe de glaïeuls dans un étang; il désigne l'une quelconque des espèces de la plante nommée iris en français. Quant au mot *glaje*, il désigne toutes les plantes herbacées aux grandes feuilles gladiées, ensiformes, qui poussent dans les prairies humides, les marais et les rivières, telles que iris, glaïeuls, etc. *Glai* et *glaje* me paraissent donc apparentés à glaïeul et dérivés du latin *gladium ;* c'est, du reste, ce que Littré a déjà admis pour le mot *glai*.

Glaîme, s. m. Mauvais couteau, me paraît correspondre au français *glaive* et venir du latin *gladium*, qui aurait pris un sens dérisoire en passant dans le briard, bien que ce soient surtout les mots introduits chez nous par la conquête tudesque qui aient subi cette sorte d'altération.

Glinguer, v. n. Sonner, rendre un son clair, métallique. Exemple : son argent *glingue* dans son gousset; il fait *glinguer* ses éperons sur le pavé. Racine, allemand *klingen*.

Glui, s. m. Ne signifie pas, comme en français : « Grosse paille de seigle dont on couvre les toits. » Il désigne la portion des tiges de céréales, blé, seigle, avoine et orge qui reste attachée à la racine après la moisson; de sorte que l'expression briarde « se promener dans les gluis » est identique à l'expression française « se promener dans les chaumes ». Cela doit tenir à ce fait positif que, avant l'enrichissement du sol par les progrès de l'agriculture et par l'introduction des prairies artificielles, la culture du blé était, sinon en totalité, du moins en très grande partie, remplacée par celle du seigle dans le canton d'Esternay.

Gnon, s. m. Coup donné avec le poing ou un objet contondant, soit à un être animé, soit à un objet inanimé. Ainsi, par exemple, on donne un *gnon* à une bille ou canette en la frappant avec une autre bille qu'on lance dessus.

Gourer, v. a. Est surtout employé par les enfants, comme en français le verbe *chiper*, dont il tient lieu, car il signifie dérober des objets de peu de valeur, le plus souvent des fruits. *Gourer* a donc, en briard, une acception autre qu'en français, où il signifie falsifier des drogues pharmaceutiques et, par extension, tromper, duper.

Goût, s. m. A le double sens du français goût et du français odeur. « La rose a bon goût » signifie la rose sent bon. Dans l'expression « la viande a mauvais goût », ce dernier mot peut s'entendre indifféremment soit de la saveur, soit de l'odeur de la viande. Toutefois, le verbe *goûter* signifie exclusivement, en briard comme en français, percevoir, discerner une saveur.

Gravier, **gravois**, s. m. Le mot *gravier* désigne exclusivement « le gué, le passage à gué » du français. Quant au gros sable de rivière, nommé *gravier* en français, il s'appelle toujours *gravois* en briard. Le passage à gué a pris le nom de *gravier* dans le canton d'Esternay parce que le fond en est généralement constité par du gravier ; et le fait dénote que les mots *gravier* et *gravois* étaient autrefois synonymes dans ce canton. Voir *gué*.

Gravière, s. f. Est l'unique nom de la gesce cultivée, qui est désignée ailleurs, notamment en Champagne, sous le nom de *dragée*, parce qu'elle est très affriandée par les bestiaux. Le nom de *gravière* doit tenir à ce que les graines de la plante ressemblent à du gravier ou gravois. On la mélange généralement avec du seigle, et le mélange conserve le nom de *gravière*.

Gravouiller, v. n. Grimper, est apparenté au français *gravir*.

Grève, s. f. Partie de la jambe qui correspond à la crête du tibia.

Grigner, v. n. On dit *grigner des dents* pour indiquer qu'une personne ou un animal montre ses dents serrées en écartant les lèvres, soit en signe de menace, soit par moquerie. Mais on prononce *grincer*, comme en français, dans tous les autres cas ; ainsi, par exemple, on dit : la scie qu'on lime fait *grincer les dents* ; la porte *grince* sur ses gonds.

Groûler, v. a. Le verbe griller s'emploie en briard comme en français et le verbe *groûler* doit en être dérivé, car il signifie *griller* un bâton ou une branche d'arbre pendant qu'ils sont verts, pour leur donner de la couleur et les redresser plus facilement.

Gué, s. m. Signifie exclusivement une mare d'eau plus ou moins étendue, qui sert d'abreuvoir aux bestiaux, parfois de lavoir, et dont le bassin est le plus souvent creusé de main d'homme. Cette mare a évidemment reçu le nom de *gué* parce que les bestiaux peuvent généralement la parcourir sans nager ; et le fait indique que le passage à *gué* qui porte aujourd'hui le seul nom de *gravier* dans le canton d'Esternay, comme on l'a vu plus haut, s'y est aussi appelé *gué* autrefois, comme aujourd'hui en français.

Guerlette, s. f. Brebis ou mouton maigre, mince, peu étoffé. Il est peu probable que *guerlette* soit dit pour *grèlette*, diminutif de grèle, bien que *guer* pour *gre* se trouve dans les sept mots briards *guerdin, guerlot, guerlotter, guernadier, guernier, guernouille* et *minguerlet*. J'inclinerais plutôt à croire que *guerlette* et venu de *minguerlette* par élision de l'initiale *min ;* d'autant que je n'ai jamais entendu employer l'adjectif *grêle* dans le canton d'Esternay, où il n'a peut-être même jamais existé.

Guibole, s. f. Synonyme de jambe, gigue.

Guillot et **lar**, s. m. Signifient ver, c'est-à-dire qu'ils désignent les larves d'insectes qui vivent dans la viande, le fromage, les fruits, etc. Quoique les deux mots soient synonymes, *lar* est plus souvent employé pour désigner les vers des matières végétales que ceux des matières animales, et il peut correspondre au français *larve*, dont il aurait perdu la finale *ve*, ou peut-être venir du celtique.

Gume, s. f., **gumer**, v. n. En briard la *gume* n'est pas un grand cordage comme dans la marine. C'est parfois un petit bout de ficelle, mais presque toujours un petit brin de bois, de paille ou de foin, que les enfants ramassent sur le sol et qu'ils cassent de la longueur voulue, pour mesurer de courtes distances en jouant à certains jeux, notamment au bouchon : d'où le mot *gumer*, mesurer avec une gume.

H

(Nota. — L'*h* est aspirée dans tous les mots briards suivants.)

Hacot, s. m., **hoque**, s. f. Le *hacot* est le chicot de bois qui reste fixé en terre par ses racines, et la *hoque* est ce chicot arraché pour faire du feu.

Hatter, v. n. Faire une grande enjambée pour passer un ruisseau, un fossé, etc., ou faire plusieurs grandes enjambées pour mesurer une distance.

Heurt, s. m. Grosse pierre ou rocher fixé dans le sol des champs ou des chemins, et contre lequel peuvent se heurter les personnes, les animaux, les voitures, les charrues, les herses, etc. On trouve souvent ce mot dans les vieux auteurs français, avec une acception analogue à celle du briard. Ainsi, dans deux phrases des *Mémoires d'Angoulesme* et des *Mémoires de Sully*, citées par Littré, le mot *heurt* a le sens d'éminence, colline, et c'est également dans ce sens que Saliat emploie le mot *hurt* dans sa traduction d'Hérodote (IV, 203 et VI, 134). La Fontaine dit aussi dans *Les deux rats, le renard et l'œuf*:

> L'un se mit sur le dos, prit l'œuf entre ses bras ;
> Puis, malgré quelques heurts et quelques mauvais pas.
> L'autre le traina par la queue.

De même que les « mauvais pas » signifient ici des passages difficiles et non des faux pas, il est clair que les « heurts » signifient des éminences rendant le chemin raboteux, et non des chocs comme le prétend Walckenaër. Je ferai d'ailleurs observer à ce propos que les commentaires dont La Fontaine a été l'objet auraient quelquefois gagné à être faits par des personnes connaissant le patois briard et sachant que La Fontaine était briard, ce que je ne saurais trop répéter.

Quoi qu'il en soit, au lieu d'admettre comme Ampère (*o. c.*, p. 343) que heurter vient de l'allemand *hurten*, Littré montre que ce dernier doit au contraire venir d'un mot roman, et il déclare inconnue l'origine du mot heurter, tout en rappelant que Scheler a proposé de le faire venir du « kymri *hwrdh*, bouc et choc ». Je suis donc porté à croire que *heurter* vient de *heurt*, vieux mot gaulois conservé dans le briard avec son acception primitive de pierre, rocher, d'où est venue ensuite l'acception d'éminence contre laquelle on se heurte, puis celles de colline et de choc. L'acception de choc, attribuée à heurt, est d'ailleurs étrangère au briard.

Hiousse, s f. Jeu d'enfant qui se joue comme celui du jeu de bique décrit plus haut, et dont il diffère seulement en ceci : le biquet est remplacé par une pierre arrondie de la grosseur du poing et appelée *hiousse*; la bique est remplacée par une énorme pierre, inébranlable, sur laquelle on pose la *hiousse*; enfin les bâtons des joueurs sont remplacés par de gros palets en pierre brute qu'on lance sur la hiousse.

Hôler. Appeler de toutes ses forces, à gorge déployée. Le mot vient de ce que pour appeler quelqu'un, soit un enfant qui joue, soit un ouvrier qui travaille dans les champs, on prononce d'abord l'interjection *ho!* suivie d'un petit temps d'arrêt, afin d'attirer l'attention de toutes les personnes à portée de la voix et de les préparer ainsi à entendre lequel de leurs noms va être prononcé. Voilà le fait certain, et je laisse aux philologues le soin de décider s'il y a quelque rapport entre le briard *hôler* et le français *héler*.

Hoque. Voir *hacot*.

Hoton, s. m., **hotonner**, v. a., **menu**, s. m., **menu-paille**, s. f. J'expliquerai plus facilement la signification de ces mots en rappelant quelques détails sur le battage du blé au fléau. Cette opération détache de leurs tiges les grains de blé ainsi qu'une partie des balles ou glumes. Elle sépare également ces grains de leurs balles, lesquelles deviennent complètement libres, à l'exception d'un très petit nombre d'entre elles qui restent attachées à quelques grains de blé, généralement des plus maigres. Quand l'ouvrier a fini de battre, il met en bottes et jette hors de l'aire la paille dont le fléau a laissé les tiges presque intactes. Il place ensuite à l'entrée de l'aire deux grands liens disposés parallèlement;

puis, avec un râteau, il ramasse dans l'aire tous ceux des brins de paille que le fléau a froissés et enfouis dans la couche de blé et de balles, et il arrange cette paille en lit assez épais sur les deux liens. Aussitôt qu'il ne reste plus dans l'aire que le blé et les balles, commence l'opération du vannage, qui expulse toutes les balles libres, lesquelles tombent en tas devant le vanneur et prennent dès lors le nom de *menu-paille*. Mais, le vannage ayant été impuissant à chasser hors du van les quelques balles restées adhérentes aux grains de blé, l'ouvrier se met alors à *hotonner*; c'est-à-dire qu'il manœuvre son van de façon à imprimer au blé un mouvement giratoire, dont l'effet immédiat est de ramener à la superficie, en les rassemblant au centre, les grains de blé les moins denses, ou, en d'autres termes, ceux qui sont ou trop maigres ou adhérents aux balles. C'est ce blé de rebut qu'on appelle des *hotons*. L'ouvrier les prend à jointées et les jette sur le lit de paille. Enfin, lorsque ce lit a reçu une suffisante quantité de *hotons*, l'ouvrier le roule en une énorme botte liée avec les deux liens, et c'est cette botte qu'on appelle un *menu*, dont l'*e* ne se prononce que peu ou point. Son nom pourrait, à la rigueur, lui venir de ce qu'il entre quelques balles de menu-paille dans sa composition, mais c'est fort douteux, car le menu est surtout caractérisé par sa forme, par sa taille, ainsi que par la quantité de grain qu'il renferme et qui en fait une nourriture de choix pour les bêtes de travail. Je croirais donc plus volontiers que c'est précisément en raison de ses énormes dimensions et de son ventre rebondi qu'on l'a appelé *menu*, par une antiphrase analogue à celle qui a donné naissance aux mots Euménides et Pont-Euxin; on verra d'ailleurs plus loin que c'est ainsi que les Briards ont formé le nom de plante *tendron*. Ce qui vient d'être dit du battage du blé s'applique également à l'avoine, au seigle, à la gravière; il y a donc des *hotons* et des *menus* d'avoine, de seigle et de gravière.

I

Ila, adverbe. Se dit pour indiquer un lieu déterminé et peu éloigné. Il signifie plus loin que *ici* et moins loin que *là-bas*. Il correspond à l'adverbe français *là*, mais il a mieux conservé la forme de son radical, le latin *illa*, déjà employé par Tacite et par Plaute au lieu de *illac*.

K

Khara, s. m. Je ne puis que répéter ce que j'ai déjà dit sur ce mot à la page 715 de mon ouvrage sur *Les chevaux dans les temps préhistoriques et historiques.* « Le nom par lequel le Vendidad désigne l'âne est *khara*, et c'est aussi celui dont se sert le Véda pour désigner l'âne qu'on a vu, à la page 223, attelé au char des Açvins. Dans ses *Origines indo-européennes* (t. Ier, p. 355), Pictet présume que le mot *khara* est peut-être d'origine sémitique. S'il en était ainsi, ce serait une nouvelle preuve que les Aryas ont reçu l'âne des Sémites. Mais, dans une lettre datée du 24 décembre 1868, M. Émile Burnouf nous dit au contraire que *khara* lui semble être un mot purement aryen. Cette dernière opinion nous paraît la plus vraisemblable, parce que l'Avesta et le Véda se servent tous les deux du mot *khara* pour désigner l'âne, et que, dans le patois briard en partie dérivé du celtique, *khara* est une expression ironique désignant un mauvais cheval. Nous en inférons que *khara* a d'abord été le nom de l'hémione et que les Aryas l'ont ensuite appliqué à l'âne après avoir reçu ce dernier des Sémites, de même que les Sémites ont donné le nom de *hamar* à l'hémione, puis à l'âne, après avoir reçu ce dernier des anciens Égyptiens. » J'ajoute que le patois briard étant un dialecte parlé, et non écrit, je me suis permis d'écrire *khara* le nom briard du mauvais cheval, parce que je le crois identique au zend et sanscrit *khara*; mais les Briards l'écriraient évidemment *cara*, parce qu'il ne leur viendrait jamais à l'idée d'écrire par un *k* un autre mot que celui de *Kyrie eleison*. L'étude de l'histoire et de la zoologie des ânes et des hémiones, telle que je l'ai faite dans mon ouvrage précité, justifie d'ailleurs mes considérations sur les mots *hamar* et *khara*.

L

Lanceriau, s. m. Jeune porc, encore élancé parce qu'il est dans sa période de croissance.

Lanvot, s. m. Orvet, reptile aussi nommé *sourd* dans d'autres localités.

Lar, s. m. Voir *guillot*.

Laube, s. f. Grande truie maigre.

Lavier, s. m. Signifie *évier*, qui est devenu ailleurs *lévier* par l'agglutination du mot avec l'article, de même qu'en français les mots *ierre, oriot* et *uette*, sont devenus *lierre, loriot* et *luette*. Les Briards disent aujourd'hui *lavier*, parce que, ayant oublié le sens étymologique du mot, ils ne voient plus dans l'objet qu'une pierre creuse sur laquelle on lave la vaisselle.

Lavotte, s. f. Espèce de petite boîte en bois dans laquelle la laveuse de linge place ses genoux pour les garantir de l'humidité.

Lavou, adv. Qui signifie où, en tel endroit. Exemple : *lavou* que tu vas? Le mot est composé de *là* et de *où*, joints par un *v* euphonique.

Lizard, lizarde pour **lézard, lézarde**. Adjectif qui remplace en briard le français *bringé, bringée*, parce qu'on a comparé la couleur qu'il désigne à celle du lézard gris.

Locsonner, v. n. Synonyme de *gobelotter*.

Luceron, s. m. Godet suspendu sous une lampe pour recevoir l'huile qui en découle. Sa racine est le latin *lucerna*, lampe, et sa terminaison diminutive lui donne le sens de lampion.

M

Mâchurer, v. a. Ne signifie pas barbouiller de noir, comme en français; il signifie endommager, détériorer, gàter, meurtrir avec les dents, en mâchant, en mordant, et une *mâchure* est une détérioration, une meurtrissure faite avec les dents. C'est évidemment de là que vient le nom de la famille des *Mâchurez* du canton d'Esternay, dont le premier membre de ce nom doit avoir eu la figure ou une autre partie du corps màchurée par un animal, peut-être par un loup, dont l'espèce était autrefois très nombreuse et n'est pas encore très rare aujourd'hui dans ce canton.

Mahonner, v. n. Signifie *nasiller* ; et **mahon, mahonne**, se dit de celui ou de celle qui nasille.

Mâclotte, s. f. Grumeau de farine dans le pain. Racine *mâcler*.

Mâlot, s. m. N'est pas un taon comme dans certaines provinces; c'est un bourdon ou gros hyménoptètre mellifère qui fait dans les prairies un nid recouvert de mousse, et dont le corps velu est noir, sauf à la partie postérieure de l'abdomen, laquelle est de couleur orangé foncé.

Manre, adj. Mauvais, sans valeur. Se dit des personnes, des animaux et des choses.

Marcelée, s. f. Nom briard du saule marceau ou marsault.

. **Margoulette**, s. f. Bouche, màchoire, partie inférieure du visage. « Quelques-uns, dit Larousse, ont tiré ce mot du latin *mala*, mauvaise, *gula*, gueule, ce qui paraît bien hasardé. » Je me permets donc de proposer à mon tour, sous toutes réserves, l'étymologie *manre* et *gueule*.

Maringotte, s. f. Petite charrette à un cheval, plus grosse que la *carriole*.

Matiet, s. m. Petit tas de fourrage fait par les faneurs qui ramassent le foin, le trèfle, la luzerne, etc. Le mot vient probablement du tudesque (anglais *math* et moyen allemand *mât*, foin), ou d'un mot celtique analogue. Voyez *met*.

Menu, s. m., **menu-paille,** s. f. Voyez *hoton*.

Met, s. f. Est synonyme de huche, grand coffre en bois servant à pétrir la pâte et à enfermer le pain. C'est un vieux
mot français encore employé dans beaucoup de provinces et
qu'on trouve dans Rabelais (I, 40). Coudereau le fait venir
du grec μἀκτρα, pétrin (1). Mais, considérant que la colonie
phocéenne de Marseille a fourni très peu de mots au vieux
français, je me demande si, de même que le mot *matiet* précité, *met* ne pourrait pas venir du celtique, c'est-à-dire de
l'un des anciens noms européens de la moisson, analogues
au latin *metere*, puisque, suivant Pictet (*Orig. indo-europ.*,
§ 190), leur racine verbale « paraît être *má*, avec une forme
augmentée *mat, met* ».

Mierle, s. f., **mierler,** v. unip. La *mierle* est un vent sec et
âpre qui flétrit, dessèche sur pied les emblaves et les prairies encore vertes, même les feuilles et les fleurs des arbres
et des arbrisseaux : d'où le verbe *mierler*. On dit par exemple : il fait de la *mierle* ; c'est un vent ou un temps de *mierle*,
ce vent-là ou ce temps-là va tout *mierler*.

Mine, mini, minon, mirouas, mitis et **moune.** Le français
possède, comme le briard, les mots à terminaison diminutive
minon et *minet*, pour désigner le *chaton* ou petit chat, et
minette pour désigner la petite chatte. Mais tandis que le
français a laissé perdre le radical de ces mots, le briard l'a
conservé sous la forme féminine *mine*, variante *moune*,
chatte, et sous la forme masculine *mini*, chat, sans distinction
de sexe. Il n'est donc pas étonnant que les Briards aient
choisi le terme *minon*, au lieu de *chaton*, pour désigner les
fleurs disposées en épi plus ou moins velouté de certains
arbres ou arbrisseaux, tels que le saule, l'osier, etc. Le
briard possède en outre, pour désigner le chat, sans distinction de sexe, les mots *mirouas*, onomatopée des mieux
réussies, et *mitis*, dont la forme latine est restée inaltérée.
Il est donc tout simple que La Fontaine se soit servi de
l'expression « maître mitis » dans le sens de « maître chat »
(liv. III, fable 18, *Le chat et le vieux rat*). C'est ce que les

---

(1) Coudereau, *Le dialecte berrichon*, dans les *Mémoires de la Société
d'anthropologie de Paris*, 2ᵉ série, tome 1ᵉʳ, page 372.

commentateurs auraient mieux compris s'ils avaient connu le patois briard et su que La Fontaine était briard. Il fait rimer *mitis* avec *logis*, ce qui est aussi satisfaisant pour l'oreille que pour l'œil, puisque l's de *mitis* ne se prononce pas. Il est à peine besoin d'ajouter que mes compatriotes n'ont pas emprunté le terme *mitis* à La Fontaine, dont la plupart ne connaissaient même pas le nom il y a une cinquantaine d'années. L'antiquité du mot est d'ailleurs prouvée par l'existence, dans le canton d'Esternay, d'une famille qui s'appelle Mitis, comme d'autres familles du même canton s'appellent Lechat, Minat, Lagrue, Lecoq, Lebœuf, etc.

. **Mollette**, s. f., signifie jaune d'œuf, parce que c'est la partie qui reste molle dans la cuisson des œufs à la coque, appelés en briards œufs mollets, par opposition à œufs durs. Rabelais dit « beaulx moyeux d'eufz » (I, 32).

Monée, s. f., forme briarde du mot *mounée*, qu'on trouve dans Larousse. Mais la monée n'était pas seulement la collée ou sac de grain que les paysans avaient l'habitude d'envoyer au moulin ; c'était, en outre, la collée de farine et la collée de son que le meunier leur ramenait après la mouture du grain ; et le mot est encore employé dans les endroits où n'a pas cessé l'habitude en question. La monée est donc la collée du moulin, celle qui va au moulin, comme celle qui en revient, et, par conséquent, sa racine, est *molinum*, de moulin, aussi sûrement que celle de meunier est *molinarius*.

· **Moque**, s. f. Synonyme de moquerie, ne s'emploie plus que dans l'expression « faire la moque », se moquer, faire la nique.

Mouchelet, s. m. Ensemble de deux ou de plusieurs fruits disposés les uns à côté des autres et formant bouquet sur une ramille d'arbre ou d'arbrisseau. Exemple : un mouchelet de noix, de noisettes, de poires, de pommes, de prunes, etc. Le mot doit venir de ce que l'objet a été comparé à un essaim ou jeton d'abeilles ; car, en Brie, comme dans tant d'autres provinces, les abeilles sont le plus souvent appelées *mouches*.

- **Mouiner**, v. n. Sucer son pouce, en parlant d'une habitude assez fréquente chez les petits enfants, surtout après le sevrage.

Moune, s. f. Voir *Mine*.

Mulot, s. m. Signifie non seulement campagnol, souris des champs, comme en français, mais encore ver blanc ou larve de hanneton.

N

, **Nase**, s. f. Signifie morve, mucus nasal : d'où l'adjectif *naseux*, *naseuse*, synonyme de *morveux*, *morveuse*.

Nicasser, v. n. S'emploie tantôt dans le sens de rire niaisement et à tout propos, tantôt dans le sens de s'amuser à rire au lieu de s'occuper de sa besogne. Le mot peut être, soit un dérivé de *nicaise*, niais, soit une altération de *ricaner*, qu'on trouve dans Rabelais (IV, 52), soit tout simplement une onomatopée, ce qui me parait de beaucoup le plus probable.

Nine, s. f. Téton, est, comme *mine*, chatte, un radical que le français a laissé perdre et dont il n'a conservé que le diminutif *nénet*, également usité en briard. Les articles bibliographiques relatifs à Ninon de Lenclos disent qu'elle s'appelait Anne ou Ninon, sans autre explication, ce qui pourrait faire supposer que Ninon est un diminutif de Anne, comme Annette et Nanette. Mais l'existence en français du diminutif *nénet* témoigne que le radical *nine* y était autrefois usité, comme il l'est aujourd'hui en briard. Je suis donc porté à croire que *Ninon* est à *nine* comme *tétonnière* est à *téton*, avec cette différence que Ninon, ayant une terminaison diminutive, signifie la femme ou la fille aux jolis tétons.

O

Oulie, s. f., qui ne s'emploie guère qu'au pluriel. Il désigne diverses espèces de choses qui trainent dans les bâtiments, les cours, les jardins ou les champs, qui ne sont bonnes qu'à jeter au feu ou sur le fumier, et qui consistent principalement soit en plantes adventices essartées, soit en brimborions ou débris de fagots, de copeaux, de paille ou de fourrage.

Ous! Interjection qu'on accompagne ordinairement d'un geste de la main et qui sert à chasser les chiens, parfois même les enfants.

Ousta, s. m. Est presque toujours précédé de l'épithète mauvais et signifie gamin, gouspin, petit galopin.

P

Panet, s. m. Diminutif de pan, signifie uniquement le pan de la chemise.

Panne, s. f. Ne désigne pas, comme en français, le lard ou graisse qui garnit la peau des animaux; il désigne la graisse de la toilette ou épiploon.

Panot, s. m., **Panoter,** v. a. Un *panot* est une aile de volaille coupée à la hauteur du coude et servant à *panoter*, c'est-à-dire à brosser soit la huche, ou met, d'où l'on a retiré la pâte, soit le pain qu'on a retiré du four. Le mot est évidemment apparenté à l'ancien français *panon*, plume dont on garnit les flèches.

Parler (se), v. r. qui signifie s'écouter parler, parler avec affectation, chercher à imiter le langage des bourgeois.

Patouillat, s. m. Endroit couvert de boue et d'eau bourbeuse, où l'on patauge ou *patouille*, forme briarde du français *patrouiller*. Le mot Patouillat est devenu le nom propre d'un lieu-dit ou *contrée* située sur la rive droite du ru de la Noue, immédiatement en amont de Viviers, écart de la commune d'Esternay.

Péchard, pécharde, adj. signifiant de couleur fleur de pécher, c'est-à-dire aubère, en parlant de la robe des animaux, et donnés souvent comme noms propres aux chevaux et aux juments de cette couleur.

Peintre, s. m. Désigne la grosse limace grise, ainsi nommée parce qu'elle laisse sur les murs des caves et autres endroits des banderoles de mucus qui conservent un aspect argenté en se desséchant.

Pelurer, v. a. Enlever la pelure des fruits et des légumes ; remplace le mot peler, qui n'existe plus en briard. Je dis n'existe plus, parce que l'existence de l'adjectif *pelé*, privé de poil, épilé, dénote l'ancienne existence du verbe peler.

Petaud, s. m. Objet fait, comme la *flachoire*, avec une branche de sureau ; mais il est ouvert aux deux bouts, et il sert à lancer des balles! en filasse humide. Une première balle introduite avec force par la culasse du *petaud* est poussée par le piston jusqu'au bord de la gueule ; puis, une seconde balle étant introduite et poussée de la même façon, l'air se trouve comprimé entre les deux balles ; celle qui est à la gueule est expulsée avec bruit, et l'autre vient prendre sa place, pour être expulsée, à son tour, par le même procédé.

Pétériot, s. m. Unique nom briard du genévrier, ainsi nommé parce que ses rameaux verts pétillent fortement lorsqu'on le brûle pour assainir les bâtiments ou les meubles.

Pianne, s. f. A tantôt le sens restreint du mot *guerlette* cité plus haut, tantôt le sens général de viande maigre et coriace ; mais j'ignore lequel de ces deux sens est le primitif.

Pile, s. f. Voir *flopée*.

Pinmart, s. m. Nom briard du pic vert ou pivert, dont la femelle est appelée *pinmarde*. Le mot vient du latin *picus martius*. Rabelais dit (IV, 62) : « De laquelle (herbe) usent les picz mars, vous les nommez pivars ».

Pirouelle, s. f. Petite rondelle ou rouelle de bois traversée par une chevillette qui sert à la faire tourner comme une toupie. C'est l'une des acceptions du mot français *pirouette*, lequel est également briard dans ses autres acceptions.

Pleux, pleutre, s. m., que je crois intimement apparentés : c'est-à-dire que *pleux* me parait, comme les mots précités *mine* (chatte) et *nine* (tétons), un radical que le français a laissé perdre, mais que le briard a conservé : radical d'où je vais essayer de montrer qu'est venu le mot *pleutre*, déclaré d' « origine inconnue » par Littré, parce qu'on ne lui avait en effet attribué jusqu'alors que des étymologies vraiment peu

satisfaisantes, celles que Larousse a rappelées. Le mot *pleux*
est employé dans toute la Brie; il existe sans doute aussi
ailleurs, et il serait très intéressant de faire des recherches
à cet égard. Un pleux est un terrain laissé en friche, à cause
de sa maigreur et de sa sécheresse, de son aridité. Il se
couvre au printemps de plantes adventices, rares et grêles,
qui appartiennent surtout à la famille des graminées, et qui
se dessèchent avant la fin de la moisson. Aussi ne se donne-
t-on même pas la peine de les faire pâturer par les bestiaux;
de sorte que ces plantes pourrissent peu à peu sur pied et
donnent au pleux, pendant au moins sept ou huit mois de
l'année, l'aspect d'un champ couvert de courts et menus
brins de paille d'une couleur grisâtre. Ainsi, non seulement
le pleux est aussi pauvre d'aspect que de fait, mais encore il
ne donne rien; il conserve par-devers lui le peu qu'il possède,
absolument comme l'avare. Or, ce sont précisément les attri-
buts du *pleutre*, qui est tantôt un homme de rien et un
homme sans capacité, tantôt un avare. Il est vrai que certains lexicographes, notamment Bescherelle, Larousse et
Littré, ont oublié de donner l'acception d'avare au mot
pleutre; mais elle n'en est pas moins française et men-
tionnée par d'autres lexicographes, notamment par Noël et
Chapsal. En briard, l'acception d'avare prime même celles
d'homme de rien et d'homme sans capacité; car un homme
a beau être riche et capable, il est appelé pleutre s'il se
conduit mesquinement dans les affaires, s'il agit chichement
envers ses ouvriers, ses employés et les personnes avec
lesquelles il a des relations. J'espère donc qu'on reconnaîtra
au mot *pleux* tous les caractères indispensables pour être
déclaré le radical de *pleutre*. M Le Héricher a dit (*o. c.*,
page 8) qu'il fallait chercher l'étymologie de *pleutre* « dans le
radical *palex*, paille, sans craindre l'épigramme sur la recherche de l'aiguille dans une botte de foin ». Sa remarque
me paraît très acceptable, à condition qu'on veuille bien
l'appliquer, non plus à *pleutre*, qui vient de *pleux*, mais au
pleux lui-même, puisqu'il n'est, en réalité, qu'un mauvais
champ de paille rabougrie, comme je viens de le dire. J'ignore
d'ailleurs sur quelles raisons M. Le Héricher a fondé son
opinion, que je connais seulement par la phrase précitée;
mais, dans le cas où nous nous serions rencontrés sans nous

concerter, je ne pourrais que m'en féliciter. J'ajoute que le nom commun *pleux* est devenu le nom patronymique d'une famille dont j'ai connu les membres dans les cantons d'Esternay et de Villers-Saint-Georges.

Poplin, s. m. Unique nom briard du peuplier, qui rappelle la forme *poplus*, employée par Plaute au lieu de *popolus* ou *populus*.

Porcelière, s. f. Étable à porc. Le latin *porciliaris* lui donne le sens étymologique de logement de truie qui allaite.

▸ **Potet**, s. m. Signifie encrier.

Potin, s. m. Grenaille de fonte dont on se servait parfois en guise de plomb de chasse, et qu'on obtenait en écrasant, avec un marteau, des débris de pots et de marmites.

Poulette, s. f. Dont l'une des acceptions est celle de petite ampoule sur la peau.

Putra, s. m. Nom du purin dans le canton d'Esternay et dans bien d'autres localités. C'est à tort que quelques personnes prononcent *puitra*, puisque le mot vient de *putramen*, fumier.

Q

، **Quémander** et **quémandeux**, qui signifient proprement mendier et mendiant, s'appliquent aussi, par extension, à toute personne qui demande une chose avec importunité.

Quinet, s m. Morceau de bois de 2 à 3 centimètres de diamètre, de 12 à 15 centimètres de long, et dont les deux bouts sout taillés en forme de cônes assez allongés. Il a donné son nom à un jeu qui se joue à deux. J'appellerai l'un le quinettier et l'autre l'adversaire pour faciliter ma description. Le quinet est placé sur le bord d'un trou creusé en terre et dont le diamètre est environ le double de la longueur du quinet. Le quinettier donne, sur l'un des bouts du quinet, un léger coup de bâton qui le fait sauter en l'air, puis, s'il le peut, un second coup en travers du quinet, pendant que celui-ci est en l'air, afin de le lancer le plus loin possible. Si le quinettier

manque son coup, il a perdu la partie, car l'adversaire prend
le quinet et le pose dans le trou, ce qui est le but à atteindre.
Si le quinet a été projeté au loin, l'adversaire se place à
l'endroit où il est tombé et tâche de le lancer dans le trou,
tandis que le quinettier, resté auprès du trou, tâche de
frapper le quinet avant qu'il n'ait touché terre. Dans ce cas
encore, le quinettier a perdu la partie si le quinet tombe
dans le trou et y reste. Enfin, si le quinet, lancé par l'adversaire et touché ou non par le bâton du quinettier, tombe en
dehors du trou, le quinettier le frappe là, comme au début de
la partie, puis il se hâte de regagner le bord du trou, afin
d'en défendre de nouveau l'entrée au quinet lancé par l'adversaire. Chaque fois que l'adversaire a gagné une partie, il
devient quinettier à son tour.

R

Rabibocher, v. a. et v. r. Regagner tout ou partie de ce
qu'on avait perdu au jeu ou dans les affaires.

, **Rabouillée,** s. f. Multitude. Exemple : rabouillée de lapins,
d'enfants, etc. Racine : *rabouillère.*

Râcheux, râcheuse, adj. Apre au toucher, comme une lime,
une langue de chat, par exemple.

Râclée, s. f. Voir *flopée.*

Râcler, dont l'une des acceptions est celle de grasseyer : d'où
râcleux, râcleuse, celui ou celle qui grasseie, ou, comme on
dit en briard, *qui parle gras,* car le mot grasseyer est inconnu.

Raffourrer, v. a. Remplace son parent le français *affourrager :*
d'où *Raffourée,* s. f., quantité de fourrage donnée pour un
repas. Exemple : une raffourrée de trèfle, de luzerne, de foin,
de paille, etc.; une petite, une bonne ou une grande raffourrée.

Râger, v. n. et v. r. Remuer, bouger. Exemple : le petit chat
est tombé de la couverture, il a l'air mort, il ne râge plus. —
Je croyais avoir vu une perdrix dans les gluis, mais ça doit

être une pierre ou une motte, ça ne ràge pas. — Le voisin est bien malade, il ne peut plus se ràger dans son lit.

‹ Raille, s. f. Synonyme de raillerie, s'emploie seulement dans l'expression « faire la raille », c'est-à-dire railler, se moquer.

‐ Rapon, s. m. Testicule ; se dit surtout des testicules des oiseaux.

Regingler, v. n. Agir comme un ressort pour revenir brusquement à sa position normale et la dépasser ; se dit surtout des branches d'arbres qu'on déplace, qu'on recourbe pour s'ouvrir un passage dans un bois et qui reginglent vers les personnes qui suivent par derrière. De là vient *reginglette*, nom d'un piège à prendre les oiseaux, employé par La Fontaine dans l'*Hirondelle et les petits oiseaux* (liv. Ier, fab. 8). Littré, qui n'a pas connu le verbe *regingler*, s'autorise du berrichon *reginguer*, regimber, pour faire venir *reginglette* de *gigue*, jambe. Son observation m'a d'autant plus satisfait que, longtemps avant de la connaître, j'avais supposé que les Briards ont formé le verbe *regingler* en comparant le mouvement des branches d'arbres qui reginglent à celui des gigues des animaux qui regimbent.

Regrainer, v. a. Ramasser avec un ràteau les quelques tiges de céréales ou de plantes fourragères qui traînent encore dans les champs après qu'on a enlevé leurs produits agricoles, préalablement mis en tas. Par extension, le mot signifie aussi ramasser, avec une cuiller ou une bouchée de pain, la sauce qui reste au fond d'un pot, d'un plat ou d'une assiette. Mais, à l'origine, *regrainer* doit s'être dit uniquement des céréales, puisque le mot est à *grain* comme *regain* est à *gain*. Seulement, le sens du mot regrainer s'est étendu en vieillissant, tandis qu'au contraire celui du mot regain s'est restreint, s'est spécialisé, car on lit dans la *La servitude volontaire* de La Boétie : « En somme, l'on en vient là, par les faveurs, par les gaings ou regaings que l'on a avecques les tyrans. »

‧ Relipper, v. a. Manger, mais surtout manger délibérément, avec action. Racine : *lippée*.

Rembleur, s. f. Lueur, lumière aperçue par réflexion. Ainsi, par exemple, on voit dans le ciel la rembleur d'un incendie ;

on voit la rembleur du feu sur le mur opposé à celui de la cheminée.

Renter un bas, un pantalon, une chemise, etc., c'est lui mettre une rallonge, et le mot est certainement apparenté au français *enter*.

Resous, resoude, se disent pour *résolu*, *résolue*, pris dans le sens de personne ou animal déterminé, hardi, intrépide.

Retondir, v. n. Doit être une corruption du français *retentir*, qui n'existe pas en briard, et dont il a absolument les deux sens, celui de faire entendre un bruit éclatant, et celui de renvoyer le son par écho.

Reuiller, v. n. Regarder avec insistance, avec une curiosité indiscrète, comme en berrichon. Ce mot est probablement apparenté au vieux français *beuiller*, dont M. Le Héricher a donné l'étymologie (*o. c.*, p. 211).

Ricard, s. m. Synonyme de geai, dont la femelle s'appelle *ricarde*.

Riclet, s. m. Nom briard du roitelet. Les Briards savent parfaitement que *riclet* signifie petit roi, et voici comment ils racontent l'origine de ce nom. Les oiseaux ayant décidé de déclarer roi celui d'entre eux qui volerait le plus haut, l'aigle distança tous les autres. Mais au moment où ses forces épuisées forcèrent l'aigle à descendre du haut des airs, le riclet, qui s'était caché dans ses plumes, en sortit tout dispos. Il put ainsi monter plus haut que l'aigle, et fut, en conséquence, déclaré petit roi, *riclet*. On appelle la femelle *riclette*. Le mot doit être d'origine celtique, c'est-à-dire qu'il doit avoir pour racine le nom gaulois du chef ou roi qu'on trouve en composition dans les noms d'hommes gaulois Ambiorix, Dumnorix, Eporédorix, Orgétorix, Vercingétorix, etc., et qui correspondait au latin *rex*, au kymrique *rix*, à l'irlandais *rig* et au gothique *reiks*.

Rincée, s. f. Voir *flopée*.

Robin, s. m. Se dit pour taureau, qu'il remplace presque toujours : d'où le verbe *robiner*, analogue au gascon *tauriser*, qui est employé au figuré dans ce vers du *conte de Guillaumet* :

Je le vis sur le foin, qui taurisait ma femme.

Rocler, v. n. Faire entendre une toux forte et sèche, retentissante quoique rauque, venant du fond de la poitrine. C'est une onomatopée au moins aussi réussie que celle de *rancare* ou *raucare* dont les Latins se servaient pour peindre le cri du tigre, et dont Buffon a proposé de tirer le mot *rauquer* dans son article sur cet animal. J'ignore si l'expression briarde est également tirée du latin ou si elle a été formée de toutes pièces, quoique la dernière supposition me paraisse la plus probable.

Roulée, s. f. Œuf de Pàques, cuit dur et teint en rouge ou en jaune. Beaucoup de petits Briards avaient l'habitude d'aller de porte en porte demander des œufs de Pàques. Ils s'amusaient assez souvent à les jouer en les faisant rouler sur le sol comme des billes ou canettes, et c'est évidemment de là qu'est venu le nom de *roulée*.

S

Saillon, s. m. Seau en bois qui sert uniquement à traire les vaches. Il a la forme d'un cône tronqué rétréci au fond, et il est garni de cercles en fer, larges de 7 à 8 centimètres, et toujours entretenus brillants comme de l'argent. Le mot correspond, sinon comme sens, du moins comme forme, à la *seille* française et normande, au *seillo* bourguignon, et au *seilleau* de Rabelais (III, 51, et IV, 19).

Saquet, s. m. Synonyme de saccade et de cahot, est apparenté au verbe français *saquer*.

Sauteriau, s. m. Unique nom briard de la sauterelle.

Senet, s. m. Est le nom briard du sénevé ou moutarde noire (*sinapis nigra*). Je le trouve en composition dans le nom de *Champcenest*, commune briarde du canton de Villers-Saint-Georges (Seine-et-Marne) contigu au canton d'Esternay. J'écris *senet* avec une *s* parce que je le crois dérivé de *sinapis*, comme le français *sénevé*.

Seu, s. f. Étable à porc. Racine *sus*.

Simer. Voir *Cimer*.

Sincerelle. Voir *Cincerelle*.

Sinelle, s. f. Fruit de l'aubépine.

Sino, s. m. Le français et l'espagnol possèdent depuis longtemps le mot *silo*, qui paraît dérivé du latin *sirus* (grec σιρὸς)
et qui désigne une fosse creusée en terre pour la conserva-
tion des grains. Ce mot *silo* n'a pénétré dans le briard qu'à
une époque très récente, lors de l'introduction, en Brie, de
la culture en grand des racines fourragères, dont une partie
est conservée dans cette sorte de fosses. Mais, indépendamment de leur mot *silo*, d'adoption si récente, les Briards
possèdent l'ancien mot *sino* pour désigner le grenier à foin,
et je suppose que le briard *sino* a la même origine que le
français *silo*, c'est-à-dire que les Briards ont dit et disent
sino au lieu de *silo*, comme ils ont dit et disent *caneçon* et
nentille au lieu de *caleçon* et *lentille*.

Soucer ou **sousser, v. a.** Remplace en briard le français
flairer; d'où le nom caractéristique de *sousse-vesces*, infligé
aux larbins ou valets de grande maison.

Soyer, v. a. Scier, avec une faucille, les plantes céréales ou
fourragères. Le mot existe également en picard, suivant la
remarque de Littré à l'article *scier*.

Suïon, s. m. Nom briard du sureau, que Rabelais écrit *suzeau*
(IV, 52).

T

Tabourer et **tambouriner**. En briard *tambouriner* ne signifie
pas seulement, comme en français, battre le tambour et
annoncer ou réclamer quelque chose au son du tambour ; il
signifie, en outre, battre à coups redoublés, battre comme
un tambour, une personne ou un animal. Quant au verbe
tabourer, il n'a que deux acceptions, mais qui sont autres
que celles de tambouriner. Ainsi tabourer se dit des batte-
ments artériels qu'on ressent dans une région enflammée;
exemple : mon doigt malade m'a tabouré toute la nuit, mais
ça me taboure un peu moins fort depuis que je suis levé. On

donne aussi parfois à tabourer une acception érotique, celle que lui attribue Rabelais (III, 28) dans l'histoire de *Hans Carvel et de son anneau*. On sait que Rabelais emploie dans le même sens érotique le mot *taboureur* (I, 3 et III, 25), bien que son *tabourineur* soit notre tambourineur (IV, 12) et que ses *tabours* et *tabourins* soient nos tambours et nos tambourins.

Tac, s. m. Voyez *étaquer*.

Tanner, v. a. dont l'une des acceptions est celle de battre, frapper, en parlant des personnes et des animaux, ou meurtrir en parlant des fruits et des légumes : d'où *tannée*, s. f., synonyme de pile, peignée, râclée, etc. ; d'où aussi *tannure*, meurtrissure des fruits et des légumes, qui s'appelle *cotissure* à Paris.

Temps, s. m. dont l'une des acceptions est celle de ciel. Exemple : il n'y a pas une pièce au temps, expression qui signifie il n'y a pas un nuage dans le ciel.

Tendron, s. m. Unique nom briard de l'*Ononis spinosa* de Linné, ou bugrane commune, aussi appelée *Arrête-bœuf* dans plusieurs provinces, surtout dans celles du Centre et de l'Ouest. Cette plante ne peut être réputée tendre sous aucun rapport; et si j'ajoute que ses épines, extrèmement acérées, ont, en outre, dans le canton d'Esternay, la réputation d'être *venimeuses*, car le mot vénéneux est inconnu, on admettra sans doute que le nom de *tendron* lui a été donné par antiphrase, comme celui d'Euménides aux Furies.

Tertous, et plus souvent **tortous**, signifie « tous sans exception ». C'est l'ancien français *trestous*, employé par Rabelais (I, 18, et IV, 34).

Tiâler, v. n. Synonyme de *piauler*.

Toquart, s. m. Arbre nommé têtard en français. Le nom lui vient de ce que son tronc, coupé à 2, 3 ou 4 mètres du sol, finit par prendre la forme d'une toque à son extrémité supérieure.

Tortiot, s. m. Nom briard de la pâtisserie appelée crêpe en français. Racine : tourte, avec la terminaison diminutive.

Tortous. Voir *tertous*.

Tôt-fait, s. m. Pâtisserie ou espèce de crême très-ferme, composée d'œufs, de farine et de lait, le tout cuit au four dans un plat en terre vernissée.

Trapercé, adj. Mouillé de part en part, en parlant des habits et du linge de corps. Il se dit aussi de la personne dont les habits sont trapercés. Ainsi, par exemple, on dit indifféremment : je suis trapercé, je suis trempé comme une soupe, je suis mouillé jusqu'aux os. Je crois que le mot est dit pour *transpercé* et non pour *très percé.*

Triper, v. n. Mettre le pied sur ou dans quelque chose, le plus souvent par mégarde et parfois volontairement. Exemple : triper sur le pied de quelqu'un, sur une bouse de vache, dans un trou d'eau, sur une araignée pour l'écraser, etc.

Triquer. Forme briarde du verbe français trier.

Tûche, s. f. Pour touche ; s'emploie exclusivement pour désigner soit la touche ou quartier d'amande de la noix, soit la touche dont se servent les enfants qui apprennent à lire.

Tuet, s. m. Se dit pour toit ou étable à porc; mais on prononce *toit* lorsqu'on veut désigner la couverture d'un bâtiment. Le mot *tuet* est d'ailleurs rarement employé ; il est presque toujours remplacé par *seu* et par *porcelière.*

V

Vacherotte, s. f. *Arum* ou gouet, « nommé aussi vulgairement *Pied de veau,* à cause de la forme de ses feuilles », suivant le *Dictionnaire des sciences* de Privat-Deschanel et Focillon. Quant à son nom briard, il vient évidemment de ce que le spadice de la plante a la forme d'un trayon de vache.

Varcole, s. f. Synonyme de bandoulière; d'où l'expression porter en varcole, c'est-à-dire porter en bandoulière.

Varganal, remuant et tapageur.

Vargencé, adj. Vergeté, couperosé, en parlant du nez, de la figure ou de toute autre partie du corps : d'où *Vargençure,* s. f., vergeture rougeâtre ou violacée. La racine doit être *verge,* qui, autrefois, se prononçait généralement *varge.*

Veillotte, s. f. C'est le colchique d'automne, qui, suivant le *Dictionnaire des sciences* de Privat-Deschanel et Focillon, aurait été nommé « *veillotte, veilleuse,* parce qu'il fleurit au moment où commencent les veillées de la mauvaise saison ». Mais j'ai toujours attribué et j'attribue encore au mot une origine beaucoup moins abstraite. Je crois fermement que *veillotte* et *veilleuse* sont des noms du colchique provenant de la physionomie de ses fleurs ; et je pense que mon opinion sera partagée par quiconque a vu une prairie couverte de colchiques d'automne en fleurs. En effet, ces fleurs, qui paraissent longtemps avant les feuilles, ressemblent parfaitement à des flammes de veilleuses sortant de terre ; le spectacle est d'autant plus saisissant qu'à l'époque de la floraison de cette plante, c'est-à-dire dans le courant de septembre, les prairies sont mangées jusqu'au ras du sol par les bestiaux, qui ne respectent que les fleurs âcres et vénéneuses du colchique.

Verdelle, s. f., **verder,** v. n. Une *verdelle* est une longue traverse en fer qui tient toute la largeur d'une porte, et qui est munie à l'une de ses extrémités d'un œil dans lequel entre le gond ; ou, en d'autres termes, les verdelles sont les parties de la porte qui la font tourner sur ses gonds. Quant au verbe *verder,* il signifie sauter, jaillir. Exemples : les vers du fromage verdent par-dessus les bords de l'assiette. Les poissons verdent au-dessus de l'eau à l'époque du frai. Un chien mouillé qui se secoue fait verder des gouttes d'eau tout autour de lui. La boue verde sous le ventre d'un cheval qui galope sur un terrain détrempé. On peut déjà en inférer que *verdelle* et *verder* doivent venir d'une racine de mouvement qu'il s'agit de chercher. Je dois faire observer auparavant que la verdelle s'appelle *vertevelle* en français ; je l'ai appris des serruriers de Paris, car Larousse donne seulement *vertevelle* comme un vieux mot signifiant loquet, serrure, venu du latin *vertere,* tourner, et Littré ne cite même pas le mot. Mais Littré donne les mots *vertelle, vertenelle* et *verterelle,* qui sont évidemment apparentés à *vertevelle* et qu'il fait aussi venir de *vertere.* Quant au mot *verdelle,* il ne vient pas de *vertere,* et c'est ce que Littré aurait dit lui-même s'il avait connu *verdelle ;* car il cite *verdillon,* qui en est certainement le diminutif, mais il n'en donne pas l'étymologie, ce qui revient à dire qu'elle lui est inconnue, et, par conséquent, autre que celle de vertelle, vertenelle et verterelle. Malgré l'analogie de sens de l'allemand *werfen* et du briard *verder*, parent de verdelle et de verdillon, je ne crois pas non plus qu'on puisse faire venir le mot briard du mot allemand, à cause de l'irrégularité du *d* pour *f*. Je suis donc porté à croire que *verder* et *verdelle* viennent du celtique, comme les mots briards *époné, heurt* (rocher), *khara, matiet, riclet, tac*, et sans doute aussi une partie tout au moins de ceux dont j'ignore l'étymologie, tels que *câgne* (crosse), *darne, hiousse, mierle, varcole*, etc. ; car, lorsqu'on trouve en France un mot d'origine inconnue, il y a d'autant plus de raisons pour le supposer celtique qu'on ne possède que des lambeaux des anciens dialectes celtiques, tandis qu'il existe des dictionnaires assez complets des autres langues qui ont contribué à la formation du français et de ses patois, c'est-à-dire de bons dictionnaires latins, grecs, allemands et arabes. L'origine celtique de *verder* et *verdelle* ne s'opposerait d'ailleurs nullement à ce qu'ils pussent avoir un certain degré de parenté avec *vertelle, vertenelle, verterelle* et même avec l'allemand *werfen*, puisque tous ces mots peuvent provenir d'une racine de mouvement commune aux anciennes langues aryennes d'Europe, peut-être de celle d'où sont dérivés les noms du *ver* dans ces langues et dont, suivant Littré, le sens est celui de *ramper :* ce qui est l'une des façons de se mouvoir.

Viondir, v. n. Faire un bruit très sonore, éclatant. Exemples : Les canons viondissent en un jour de bataille. — On entend viondir les coups de fusil dans la plaine le jour de l'ouverture de la chasse.

Viorner, v. n. Retentir aux oreilles d'une façon éclatante et prolongée. Exemple : On entend viorner les boulets de canon, les balles de fusil, les moustiques, etc. C'est absolument le sens du latin *vibrare* pris au figuré, et ce doit être de ce mot que vient *viorner*, comme *viorne*, clématite, vient de *viburnum*.

Virer, v. n. Synonyme du français glisser, soit sur la glace, soit sur un corps gras ou poli : d'où *virade*, s. f., qui a le double sens de glissade et de glissoire.

Vouède, s. f. N'est pas, comme en français, l'un des noms du pastel (*Isatis tinctoria*); c'est le nom du saule fragile (*Salix fragilis*). Tout le monde sait que le mot vient du celtique *gwed*, beau.

Vouri, s. m. Synonyme d'oison. C'est une onomatopée qu'on répète plusieurs fois pour appeler les petits oisons, et à laquelle ils répondent parfaitement malgré leur bêtise proverbiale.

ERRATA DU VOCABULAIRE BRIARD.

1º Au mot *Baillet*, les deux vers de Guiart qui ont été oubliés par le compositeur sont ceux-ci :

> Et destriés de pris hennizanz,
> Blancs, noirs, bruns, baiz, baucens et bailles.

2º Au mot *Bestial*, au lieu de : « Ceux pendants de ces montagnes », il faut lire : « Aux pendants de ces montagnes ».

3º Au mot *Bique*, au lieu de : « patient ou biquet », il faut lire : « patient ou gardien du biquet ».

C.-A. Piétrement.

IMP. GEORGES JACOB, — ORLÉANS.

www.ingramcontent.com/pod-product-compliance
Lightning Source LLC
Chambersburg PA
CBHW051225260626
47161CB00005BA/2132